Tucholsky Wagner Zola Scott Sydow Freud Schlegel

Turgenev Wallace Fonatne

Twain Walther von der Vogelweide Fouqué Friedrich II. von Preußen

Weber Freiligrath Frey

Fechner Fichte Weiße Rose von Fallersleben Kant Ernst Frommel

Richthofen

Hölderlin

Fehrs Engels Fielding Eichendorff Tacitus Dumas

Faber Flaubert

Feuerbach Maximilian I. von Habsburg Fock Eliasberg Zweig Ebner Eschenbach

Ewald Eliot Vergil

Goethe Elisabeth von Österreich London

Mendelssohn Balzac Shakespeare Dostojewski Ganghofer

Trackl Lichtenberg Rathenau Doyle Gjellerup

Stevenson Hambruch

Mommsen Tolstoi Lenz Droste-Hülshoff

Thoma Hanrieder

Dach Verne von Arnim Hägele Hauff Humboldt

Karrillon Reuter Rousseau Hagen Hauptmann Gautier

Garschin

Damaschke Defoe Hebbel Baudelaire

Descartes

Hegel Kussmaul Herder

Wolfram von Eschenbach Schopenhauer

Darwin Dickens Rilke George

Bronner Melville Grimm Jerome

Campe Horváth Aristoteles Bebel Proust

Bismarck Vigny Barlach Voltaire Federer Herodot

Gengenbach Heine

Storm Casanova Lessing Tersteegen Gilm Grillparzer Georgy

Chamberlain Langbein Gryphius

Brentano Lafontaine

Strachwitz Claudius Schiller Kralik Iffland Sokrates

Katharina II. von Rußland Bellamy Schilling

Gerstäcker Raabe Gibbon Tschechow

Löns Hesse Hoffmann Gogol Wilde Vulpius

Gleim

Luther Heym Hofmannsthal Klee Hölty Morgenstern

Roth Heyse Klopstock Kleist Goedicke

Luxemburg Puschkin Homer Mörike

La Roche Horaz Musil

Machiavelli

Navarra Aurel Musset Kierkegaard Kraft Kraus

Lamprecht Kind Moltke

Nestroy Marie de France Kirchhoff Hugo

Laotse Ipsen Liebknecht

Nietzsche Nansen

Marx Lassalle Gorki Ringelnatz

von Ossietzky Klett

May Leibniz

vom Stein Lawrence

Petalozzi Irving

Platon Knigge

Sachs Pückler Michelangelo Kafka

Poe Kock

Liebermann

de Sade Praetorius Mistral Zetkin Korolenko

Der Verlag tredition aus Hamburg veröffentlicht in der Reihe **TREDITION CLASSICS**
Werke aus mehr als zwei Jahrtausenden. Diese waren zu einem Großteil vergriffen
oder nur noch antiquarisch erhältlich.

Symbolfigur für **TREDITION CLASSICS** ist Johannes Gutenberg (1400 — 1468),
der Erfinder des Buchdrucks mit Metalllettern und der Druckerpresse.

Mit der Buchreihe **TREDITION CLASSICS** verfolgt tredition das Ziel, tausende
Klassiker der Weltliteratur verschiedener Sprachen wieder als gedruckte Bücher
aufzulegen – und das weltweit!

Die Buchreihe dient zur Bewahrung der Literatur und Förderung der Kultur.
Sie trägt so dazu bei, dass viele tausend Werke nicht in Vergessenheit geraten.

Der Capitulant

Novelle

Leopold Sacher-Masoch

Impressum

Autor: Leopold Sacher-Masoch
Umschlagkonzept: toepferschumann, Berlin

Verlag: tradition GmbH, Hamburg
ISBN: 978-3-8424-1230-9
Printed in Germany

Ziel der TREDITION CLASSICS ist es, tausende deutsch- und
fremdsprachige Klassiker wieder in Buchform verfügbar zu
machen. Die Werke wurden eingescannt und digitalisiert. Dadurch
können etwaige Fehler nicht komplett ausgeschlossen werden.
Unsere Kooperationspartner und wir von tredition versuchen, die
Werke bestmöglich zu bearbeiten. Sollten Sie trotzdem einen Fehler
finden, bitten wir diesen zu entschuldigen. Die Rechtschreibung der
Originalausgabe wurde unverändert übernommen. Daher können
sich hinsichtlich der Schreibweise Widersprüche zu der heutigen
Rechtschreibung ergeben.

Lieb ist nicht Liebe,
Die Trennung oder Wechsel könnte mindern,
Die nicht unwandelbar im Wandel bliebe.

Shakespeare. Sonnet 140.

Wer in leichter Gondel im stillen Meere schwimmt, das Element mit sich spielen, die schattenhaft gezeichneten Ufer des festen Landes, der Inseln hinter sich versinken läßt, die Luft über sich, ein zweites Meer mit wogenden Wolken ahnungsvoll schaut, wird mich vielleicht verstehen, wenn ich von der galizischen Fläche, dem winterlichen Schneeocean, der Fahrt in dem flüchtigen Schlitten berichte. Es zieht die Menschenseele wehmüthig sehnsuchtsvoll an, der Ocean wie die Ebene. Nur ist der Flug im Schlitten rascher, adlerhafter – während sich der Kahn im Wasser wie eine Ente in der Luft wälzt – nur ist die Farbe der unendlichen Fläche, ist ihre Melodie ernster, düsterer, drohender, man sieht die Natur in ihrer Nacktheit, den Kampf des Daseins, man fühlt den Tod näher, man empfindet seine Atmosphäre, man hört seine Stimmen.

Mich lockte der lichte Winternachmittag hinaus. Ich hatte die Fahrt beschlossen, mein Fuchs war krank, nicht jedes Pferd geht gut im Schnee, ich ließ den Mausche Leb Kattun kommen, einen großen Kutscher vor dem Herrn, und seine verläßlichen Pferde vor meinen Schlitten spannen. Der Tag war prächtig, die Luft stand still, auch das Licht, die goldenen Sonnenwellen zitterten nicht im leichten Dunste der Erde. Luft und Licht waren ein Element. Auch im Dorfe war Alles still, kein Ton verrieth die Bewohner der schweigsamen Strohhütten, nur die Sperlinge flogen an den Zäunen in Schaaren auf und schrieen.

Weiter stand ein kleiner Schlitten mit einem hinkenden Pferdchen bespannt, nicht größer als ein Fohlen; auf dem führte ein Bauer Holz aus dem Walde, sein halbgewachsenes Mädchen rief ihn und watete mit bloßen Füßen durch den ellenhohen Schnee nach einem kleinen Scheite, das er verloren hatte.

Wie wir den kahlen Berg hinabflogen mit klingenden, hellen Glöckchen, lag die Ebene vor uns, unermeßlich, unfaßbar, unendlich. Der winterliche Hermelin gab ihr die höchste Majestät. Sie war ganz von ihm bedeckt, nur die kahlen Stämme der niederen Weiden, entfernter einzelne langatmige Heidebrunnen, in der Ferne ein paar verlorene rußige Hütten, zeichneten sich schwarz auf dem weißen Schneepelz.

Mausche Leb Kattun schüttelte sich und schrie. Der erste Blick in die Ebene wirkte bei ihm wie schnelles Gift; seine palästinische Phantasie begann in biblischen Phrasen zu reden, sie kam mit einem einzigen Flügelschlag aus der Region der Pelzthiere in jene der Palmen und Zedern; es warf ihn auf dem Bocke wie einen Fieberkranken, er grub in seinem Hirn nach tausend Bildern für das eine Unfaßbare, das ihn quälte, er spuckte die Gleichnisse zu Dutzenden aus, bis ich ihn schweigen hieß. Jetzt murmelte er vor sich hin. Ich weiß nicht, ob er das Gespräch mit sich selbst fortsetzte, ob er betete? ob er endlich das Gleichniß gefunden? ein unendliches weißes Papier, auf das er seine unendlichen Rechnungen schrieb und zählte, und zählte.

Wir flogen auf der festen Bahn dahin.

Drüben lag ein Hof, hinter ihm ein Dörfchen; der Schnee hatte Alles versilbert, die elenden überhangenden Dächer mit Silber gedeckt, die kleinen Scheiben mit silbernen Blumen, jede Rinne, jeden Brunnen, jeden verkrüppelten Obstbaum mit silbernen Quasten behängt. Hohe Wälle von Schnee umgaben jede Wohnung. Da hat sich der Mensch seine Gänge gegraben wie der Dachs oder Fuchs. Der leichte Rauch, der aus dem Dache emporsteigt, scheint in der Luft zu frieren. Große silberne Pappeln stehen um den Hof. Hie und da flattern Stäubchen Reifes wie Schwärme diamantener Mücken empor und ziehen – ein Miniaturgewitter – tausend kleine Blitze sprühend, durch die Luft.

An dem Ausgange des Weilers jagen Bauernbuben mit weißen Köpfen und rothen Backen, halbnackt im Schnee. Sie bilden einen Mann daraus und stecken ihm eine lange Pfeife in das breite Maul, wie der Edelmann sie raucht. Da sitzt ein junger Bauer auf einem Handschlitten und ein paar hübsche Mädchen mit langen braunen Zöpfen und vollem Busen in dem gebauschten weißen Hemde ziehen ihn über Stock und Stein. Der Muthwille steigt wie eine jubelnde Lerche über ihnen empor. Wie sie lachen! und er lacht noch toller und hat die Mütze verloren.

Wir flogen dem Wald vorbei.

Wo ist seine Melodie? Heiser bellt der Fuchs und die Dohle schreit. Das bunte rothe Blattwerk ist oben einförmig mit Schnee umhüllt. Wald und Himmel umfließt ein rosiger, feuchter Duft. Vor uns liegen nur noch beschneite Hügel wie die starren Wogen eines weißen Meeres. Wo der weiße Himmel in dasselbe taucht, lagert sich ein Glanz. Nur jenes Auge kann ihn sehen, das in die Sonne schauen kann. Hinter uns versinkt das Dorf, der rothe Wald; die letzten Spitzen der kahlen Berge leuchten noch einmal auf, auch sie versinken wie Hügel und einzelne Bäume. Die unbegrenzte Ebene hat uns aufgenommen. Vor uns nichts als Schnee, hinter uns Schnee, über uns wie Schnee der weiße Himmel, um uns die tiefste Einsamkeit der Tod, die Stille. – –

Wir glitten dahin wie im Traume. Die Pferde schwammen nur im Schnee, der Schlitten folgte lautlos. Seitwärts lief eine kleine graue Maus über das Schneefeld. Weit und breit blickte kein Schornstein, kein hohler Baumstamm, kein Maulwurfshügel hervor und sie lief so behutsam emsig vor sich hin. Wohin? Jetzt war sie noch ein kleines dunkles Pünktchen. Dann war es wieder einsam um uns. Es schien, daß wir nicht vorwärts kamen. Es veränderte sich nichts vor uns, nichts hinter uns, nicht einmal der Himmel. Er steht starr, wolkenlos, einfarbig, wie frisch mit Kalk getüncht, er bewegt sich nicht, er schimmert nicht einmal. Nur die Luft wird immer abendlicher, schärfer, sie schneidet wie Glas.

Mausche Kattun hat sich eben geschnitten, er greift erschreckt in den Schnee, reibt sein Ohr und zieht dann die Klappe seiner Mütze darüber. Am Ende steht unser Schlitten wie ein Fahrzeug in dem stillen Meere, das sich bewegt, ohne von der Stelle zu kommen. Wir *glauben* nur zu fahren, nichts hinter uns, nichts vor uns, wie wir zu leben glauben. Denn leben wir? Heißt nicht leben, sein? und *nicht mehr sein – nie gewesen?*

Da fliegt ein Rabe, er segelt mächtig mit schwarzen Fittichen, schweigsam mit offenem Schnabel. Jetzt flattert er um einen Schneehügel. Ist es ein Schotterhaufe, ist es ein verlorener, versunkener Heuschober, in dem er Mäuse wittert? Nein. Er fliegt halb,

halb hüpft er um denselben, er hinkt im Fliegen und flattert im Gehen, besieht ihn von allen Seiten, steht dann oben und hackt hinein. Es ist ein Aas. Dort kommt auch schon der Wolf mit zottigem Nacken, er hebt die Schnauze und zieht Luft, dann trabt er heran. Wie er es erreicht, riecht er dazu, sieht den Vogel an, winselt und wedelt wie ein Hund, der seinen Herrn wiederfindet. Der Rabe steht oben, heiser, lustig und schlägt mit den Flügeln. »Komm Bruder, es ist genug da für uns Beide.« Wie sie sich anlachen, die Spitzbuben.

Indem die Sonne sinkt, wird sie allmälig tief unten als eine glänzende Dunstkugel sichtbar. Sie geht nicht unter, sie sinkt in den Schnee. Er zerfließt wie geschmolzenes Gold, goldene Wellen spielen bis zu uns, wunderbare Farben laufen über den Schnee, der mit flüssigem Silber besprengt ist. Jetzt verlöscht sie. Die tausend Lichter, welche sie ausgeworfen hat, rinnen zusammen, werden blaß, noch schwebt ein leichter, rother Hauch in der Luft, dann löst auch er sich auf, Alles ist wieder farblos, kalt und unbeweglich.

Nur einen Augenblick.

Dann stößt die Luft aus Osten plötzlich scharf und eisig gegen uns.

In der Ferne schwamm ein Schlitten, die flüchtigen Luftwellen trugen den wimmernden Ton seines Glöckchens herüber, dann verschlang ihn der aschfarbe Nebel, welcher an dem Horizonte eilig aufstieg, sich zusammenballte und wogte. Es wurde rasch dunkel, formlose, weißgraue Wolken umspannten den Himmel, eine furchtbare Armada, Segel an Segel. Jetzt schlägt der Wind hinein und bläst sie auf, sie schwimmen näher, theils kommen sie heran, theils fahren wir in sie hinein. Abendliche Dünste lodern hervor und lösen sich in leichte Schatten auf.

Der Jude hält seine Pferde an.

»Es kommt ein Sturm,« sagt er mit besorgtem Antlitz; »der Schnee kann uns verwehen, es ist näher nach Tulawa als zurück. Was meinen Sie, Herr?«

»Also fahre nach Tulawa.«

Er knallte zweimal mit der Peitsche über den Köpfen seiner Thiere.

Wir flogen weiter. Zerrissene Nebel schwirrten wie Vögel mit großen matten Fittichen um uns. Dort ist das Heiligenbild auf steinernem Pfahl, hier wendet sich der Weg nach Tulawa zur Rechten.

Schon schlägt uns der Wind mit beiden Fäusten in den Nacken, er heult mit entsetzlichen, jammervollen, wahnsinnigen Stimmen, er stößt von der Höhe herab in den Schnee, wühlt ihn auf, zerschlägt die großen Wolken, wirft sie zur Erde in fleckigen Klumpen und droht uns damit zuzudecken. Die Pferde nehmen die Köpfe zwischen die Beine und schnauben. Der Sturm weht weiße Wirbel auf bis zum Himmel empor, kehrt die Ebene mit weißen Besen und kehrt ungeheure Kehrichthaufen zusammen, in denen er Menschen und Thiere, ganze Dörfer begräbt.

Die Luft brennt als wäre sie glühend, sie ist fest geworden, vom Sturm zerbrochen fliegt sie in Stücken umher und dringt, wenn man Athem holt, gleich Glassplittern in die Lunge.

Die Pferde können nur langsam vorwärts, sie graben sich durch Schnee, Luft, Wind.

Der Schnee ist ein Element geworden, in dem wir mit aller Anstrengung schwimmen, um nicht zu ertrinken, das wir athmen, das uns zu verbrennen droht. In der furchtbarsten Bewegung wird die Natur starr und eisig. Wir selbst sind nur Theile der allgemeinen Kälte und Starrheit. Man begreift, wie das Eis eine Welt begraben hält, wie man aufhört zu leben ohne zu sterben, ohne zu verwesen. Ungeheure Elephanten, riesige Mammuths liegen darin unversehrt aufgespeichert für die Suppentöpfe fleißiger Gelehrter. Man erinnert sich an vorweltliche Diners und lacht. Man wird überhaupt lachlustig. Kitzeln reizt ja zum Lachen und die Kälte kitzelt furchtbar, ununterbrochen, grausam. Scheintodte in der Nase gekitzelt nießen und werden dann lebendig. Alles friert. Die Gedanken hängen wie Eiszapfen am Gehirn, die Seele bekömmt eine Eisdecke, das Blut fällt wie Quecksilber. Man denkt nicht mehr seine Gedanken, man fühlt nicht mehr wie Menschen fühlen, Moral und Christenthum hängen uns wie erstarrter Nebel in den Haaren, das Elementarische an uns wird gewaltsam herausgekehrt. Wie zornig werden wir, wenn uns ein Nagel nicht in die Wand will, wir zerschmettern ihm wohl mit einem Streich das metallene Haupt, wir werfen einen engen Stiefel in die Ecke und überhäufen ihn mit den merkwürdigsten Schimpfworten. Hier ist es ein Kampf um das Dasein, aber man kämpft ihn wie ein Element geduldig, stumm, resignirt, beinahe gleichgültig. Jenes Leben, das wir so sehr lieben, ist erstarrt, wir sind ein Stein, ein Stück Eis, eine erstarrte Luftblase mehr in dem Kampf der Elemente.

Man beobachtet den eigenen Puls wie einen fremden. Ein weißer Vorhang trennt uns von unseren Pferden, der Schlitten trägt uns im Sturme wie ein Kahn ohne Ruder, ohne Segel – er steht beinahe still.

Der Orkan heult eintönig fort, die Luft brennt, der Schnee wirbelt; Raum und Zeit verschwinden. Gehen wir vorwärts? stehen wir? Ist's Nacht – ist's Tag?

Langsam ziehen die Wolken gegen Abend. Langsam schnauben die Pferde wieder, jetzt tauchen sie auf, den Rücken voll Schnee – es fallen dichte Flocken, die Erde ist ellenhoch von ihnen bedeckt, aber man sieht wieder und kommt vorwärts. Der Sturm keucht nur noch und wälzt sich winselnd im Schnee, die Nebel liegen wie grauer Schutt am Boden. Wo sind wir?

Ringsum Alles verweht, kein Weg, kein Schotterhaufen, kein hölzernes Kreuz, das ihn weist, die Pferde waten bis an die Brust, nur in der Ferne noch einzelne verlorene Töne des Sturmes. Wir stehen, gehen wieder vorwärts, der Jude fegt seinen Thieren den Rücken mit dem Peitschenstiel. Zwei Raben fliegen vorbei, lautlos, die schwarzen Flügel kaum bewegend. Der Schneefall verschlingt sie. Die Pferde schütteln sich und gehen rascher. Es fallen nur leichte wässerige Flocken. In der Ferne aber ist noch Alles umhüllt. Wieder halten wir, berathen.

Die Nacht bricht an, trübe, wolkige Dämmerung breitet sich aus, wickelt uns immer mehr ein. Der Jude peitscht die Pferde, sie werfen die Füße in immer rascherem Tacte. Da liegt ein glührother Streifen am Horizont. Wir wenden uns auf ihn zu. Jetzt war es, als sei der rothe Mond auf die Erde gefallen und liege da im Schnee und verlösche; es loderte empor und beleuchtete starke dunkle Schatten.

»Es ist die Bauernwache beim Birkenwäldchen,« sagte der Jude, »und hinter dem Wäldchen liegt Tulawa.«

Wie wir näher kamen stand das kleine Birkenwäldchen wie eine dunkle Wand gegen uns, stellenweise grell beleuchtet von dem ungeheuren Feuer, das die Bauernwache am Rande desselben emsig unterhielt. Das Feuer lag im Halbkreise gegen den Wald, so daß der Wind, der hie und da gegen die kleinen Birken stieß, die Flammen nach außen trieb. Der Rauch zog langsam gegen den Wald, wo er stückweise an den Bäumen hängen blieb und leise verflog.

Ein warmer leuchtender Dunst lag um das Feuer; die an demselben Wache hielten, tauchten jetzt wie Schatten darin auf. Der Jude winkte ihnen.

Sofort versanken sie wieder, nur Einer kam uns entgegen.

»Es ist der Balaban,« sagte Leb Kattun. »Kennen Sie ihn nicht? Es ist der Capitulant.«[1]

Es war ein verabschiedeter Soldat, der Feldhüter der Gemeinde Tulawa, ein in seiner Gegend besonders angesehener pflichttreuer Mann. Ich hatte mehr als einmal von ihm gehört, aber bisher keine Gelegenheit gehabt, ihn kennen zu lernen, ich betrachtete ihn daher mit einigem Interesse. Seine hohe Gestalt und Haltung, sein Kopf, seine freie, maßvolle Bewegung machten mir sofort einen ganz bestimmten Eindruck von Festigkeit. Sein Gruß war artig aber nicht demüthig.

»Hat Ihnen der Sturm viel gemacht?« fragte er und sah nach den Pferden. »Nun, ich will hoffen der Kutscher hat seine Schuldigkeit gethan?«

Alles wie ein Cavalier, bei dem man einkehrt, mit ebensoviel Grazie als Würde. Mit einer vornehmen Handbewegung lud er mich zu dem Feuer ein. »Die Pferde sind matt, schwitzen,« sagte er; »dann die Finsterniß – Sie werden rasten müssen.«

»Das wollen wir auch,« entgegnete ich, denn mich zog die Gesellschaft am Feuer an, und der Capitulant. Wie der mich führte, lief ihm ein Bube entgegen.

---

[1] Soldat der freiwillig eine doppelte oder dreifache Dienstzeit – in Oesterreich Capitulation genannt – ausgedient hat.

Dem strich er mit der Hand sanft über den weißen Kopf. Da war es nicht derselbe. Ich sah, das ist ein Mensch, mit dem man nicht auf den ersten Blick fertig ist.

Die Leute am Feuer standen auf.

»Nun, was macht Ihr da?« sagte ich.

Alle blickten auf den Capitulanten.

»Die Gutsbesitzer aus der Nachbarschaft,« sagte dieser ernst, »wohl noch andere Polen, fahren heute nach Tulawa in den Hof des Herrn. Sie haben dort gewiß Emissäre und Schriften und verabreden sich. Mancher kommt ohne Paß. Man muß also seine Schuldigkeit thun. Vielleicht kommt etwas zum Vorschein. Das ist die ganze Historie.«

»Ja, wir halten Wache!« sagte der Bub.

»In diesem Sturm!« rief ich.

»Nun, man thut seine Schuldigkeit!« antwortete der Capitulant; »wenn wir sie übersehen im Schneegestöber, waren wir doch da.«

Er verstand also gar nicht, daß ihn der Kampf der Elemente, die Gefahr abhalten könnten zu thun, was er für seine Pflicht hielt; das war merkwürdig.

Er nahm die Pferde bei der Mähne vorne und führte den Schlitten an das Feuer, zog eine Decke aus demselben und breitete sie für mich aus.

»Die Erde ist trocken,« versicherte er. »Wir liegen seit früh da und unterhalten ein Feuer, bei dem man einen ganzen Ochsen braten könnte.«

Es lag die Asche auch mehrere Schritte weit herum und war ganz warm. Die Flammen standen aufwärts oder schlugen aus dem Kreise, in dem wir uns lagerten. Die Schneeflocken kamen wie silberne Falter und sanken mit versenkten Flügeln in die Gluth.

»Auch die von Zawale kommen,« bemerkte der Bub.

»Freilich, die hübschen Frauen machen alle gerne Revolution,« sagte ich.

»Kommt sie auch, die Frau?« fragte der Jude, und seine Finger trommelten auf der Achsel des Capitulanten.

»Was weiß ich,« sagte dieser und machte eine Bewegung mit dem Kopfe wie ein Pferd, das eine lästige Fliege fortscheuchen will. Einen Augenblick leuchtete in seinem Auge etwas Verstecktes, Außerordentliches auf, während sein Gesicht unverändert blieb; dann starrte er in den Rauch, der gegen die Birken zog.

Es war ganz stille, nur der Wind blies leise in das Feuer. Ich legte mich auf das Ohr und sah mir die Leute an.

Ich kannte den Bauer, welcher mit der Sense an der Waldecke Wache hielt und von Zeit zu Zeit herankam, mehr um zu hören, was die am Feuer sprachen, als sich zu wärmen. Er hieß Mrak und hatte das entschlossene, ernsthafte Gesicht wie man es bei unsern Bauern gewöhnlich sieht.

Ein anderer, der mir zunächst am Feuer hockte, war mir fremd. Es war ein grämlicher Kerl im haarigen mausfarbenen Serak sein Kopf wie ein Fallschirm, oben spitz, unten breit, trug ein kleines Mützchen von schmutzigweißem Lammfell. Wie ich ihn von der Seite sah, schien er mir wie schlecht ausgeschnitten aus altem, schäbigen grauen *Pappendeckel*, seine Nase besonders lang, spitzig, dünn und filzig. Der Mund war in der Scheere geblieben, das Kinn wie verloren in den Hals. Auch der Faltenwurf seines farblosen Gesichtes war so ungeschickt, der ganze Mensch wie zerkrüppelt, das Feuer übertrieb noch seinen Schattenriß und warf ihn unwiderstehlich komisch in den Schnee.

Neben ihm lag Einer platt auf dem Bauche, den der kleine pudelblonde Jur Vetter *Mongol* nannte. In der Nähe liegt ein Schlachtfeld, auf dem eine Horde der Tartaren vor mehr als zweihundert Jahren eine blutige Niederlage erlitten hat. Mit den Gefangenen wurden verwüstete Dörfer bevölkert. Ich kann leicht wetten, daß unser Mongol von da abstammt. Er ist nicht halb so lang als der ganze ausgereckte Pappendeckelmann, aber der kleine Topf steht fest. Der bloße Nacken schwillt ihm voll Kraft, er liegt in leinener Hose und Leinwandkittel, die offene Brust in der heißen Asche, die nackten Beine im Schnee. Auch an dir Bruder Mongol ist Alles lüderliche Arbeit, wie haben sie dir nur die breiten Hüften und die mächtige Brust so zusammengeschoben, und erst dein Gesicht, oder was du dafür ausgiebst! Da haben sie dir ein paar so elende kleine Löcher gemacht für deine lebhaften schwarzen Augen, daß deine Haut dafür beim Maul die abscheulichsten Falten macht. Die Augen schief hinab geschlitzt und die kleine Nase nach oben gedrückt, mit Nasenlöchern, wovon eines genug wäre für deine beiden Augen. Dafür bist du auch gelb wie der Neid in der Zauberposse und ziehst die gewirkte Tschapka über das dünne drahtsteife schwarze Haar bis an die spitzen langen Ohren hinab.

Die Hauptperson war offenbar der Capitulant, *Frinko Balaban*.

Wie alt er war? Wer wollte das genau bestimmen, aber er war ein Mann.

Ein Mann, der nicht zu übersehen war – im Gliede so wenig als in der Gemeinde, als hier am Feuer der Bauernwache. Ein brauner erdfahler Rock von einem schwarzlackirten Pas gehalten, kleidete ihn schlank und stattlich. Er hatte ihn bis oben zugeknöpft, hatte der Einzige ein verblichenes altes Tuch um den Hals geschlungen, und die abgenutzte blaue Soldatenhose städtisch über dem Stiefel. Am Gurt hing ihm der Tabaksbeutel aus einer Schweinsblase, aus dem er die kleine Pfeife stopfte, und das lange Messer. Die andern waren mit Sensen und Dreschflegeln bewaffnet, er hatte eine einläufige Flinte quer über die Kniee gelegt. Neben zwei Dienstzeichen hatte er noch ein drittes Band auf der Brust. Die runde hohe Lammfellmütze verlieh seinem feinen Kopfe die Würde eines Rabbi und die Wildheit eines Janitscharen, sie half dem kurz geschnittenen braunen Haar ein merkwürdiges Antlitz einrahmen, ein Antlitz mit sanften Linien, feiner Nase, feinem Munde, von dem Felddienst mit jener schönen Bronce überzogen, welche mit den beiden wehmüthigen Linien des Mundes und dem herabhängenden Schnurrbart unserem Soldaten ein so eigenthümliches Gepräge gibt. Aber sein ehrliches Auge war unter den festen Brauen so versunken, so feucht wie mit Thränen gefüllt, es blickte ruhig, erkenntnißvoll, daß es Einem wehe that. Das war es und die Stimme. Der ganze Mann war so fest, soldatisch und in ihm klang Alles wie zerbrochen, die Töne kamen zerschellt aus seiner Brust und seine Redeweise hatte etwas Monotones, Feierliches. So mögen die christlichen Märtyrer auf dem Rost gesprochen haben und im heißen Sande der Arena.

Dann hatten sie auch einen Hund am Feuer; einen gewöhnlichen Bauernhund von unbestimmter Farbe, mit einer Halskrause von dunklen Haaren und einem hübschen Fuchskopfe. Er schlief, die spitze Schnauze auf den vorderen Pfoten gebettet, in der warmen Asche und bewegte nur leise den Schweif, wenn die wehmüthige Stimme des Capitulanten an sein Ohr schlug.

Alle, die Wache hielten, sprachen leise, ernsthaft; nur der Jude schwatzte.

»Ich wüßte eine Frau für Euch,« neckte er den verabschiedeten Soldaten, »eine hübsche Wittwe, ich weiß, Ihr haltet darauf, wirklich hübsch und eine große Wirthschaft, was auch hübsch ist. Was meint Ihr? Sie hat auch schon nach Euch gefragt!«

Er sah Alle im Kreise der Reihe nach an, aber keiner beachtete ihn. Leb Kattun schien jetzt erst recht gesprächig werden zu wollen. Er bürstete Balaban mit der Hand den Rücken und rief. »Gott, Gerechter! Ihr wollt ja kein Weib!«

Er kniff dabei ein Auge ein und blickte pfiffig auf die Bauern.

»Er hat es geschworen, so ein Mann, er hat es geschworen, er nimmt kein Weib!« –

Der Capitulant sah ihn über die Achsel an, daß der Jude hustend zum Schlitten ging und sich, den Rücken gegen das Bauernvolk, auf den Bock setzte. Hier schlenkerte er eine Weile mit den Beinen, rechnete, betete und schlief endlich ein. Wie er die Absätze tactvoll an das Holz schlug, hatte er den Hund geweckt.

»Ruhig Pollak!« sagte der Knabe.

Der Fuchskopf sah auf den Capitulanten und als der schwieg, stand er auf und ging, die Hinterfüße nachdehnend, zu mir, beroch mich, ging zu dem Schlitten, beroch die Pferde. Sie senkten die Köpfe zu ihm hinab, er hob die Schnauze zu ihnen, leckte ihnen den gefrorenen Dunst vom Maul, wedelte und winselte freundlich. Jetzt hob er die Nase, zog an und schritt feierlich zu dem Juden, beschnüffelte ihn, drehte sich sofort um, und hob den Fuß – Dann kam er gegen die kalte Luft, nieste und zog sich eilig an das Feuer zurück, wo er seine Nase in der warmen Asche begrub. –

»Dort kommt ein Mann über den Schnee herüber gelaufen,« rief plötzlich der Bauer, welcher an der Waldecke Wache hielt und deutete hin. Wir blickten Alle hinüber, nur der Capitulant blieb stille sitzen.

»Was wird es geben,« sprach er ruhig, kehrte den Kopf etwas hin und lächelte. »Kennt Ihr ihn nicht?« –

»Ah, das ist ja der Kolanko,« versicherte der Pappendeckelmann in weinerlichem Ton. Dabei kratzte er sich hinter dem Ohre und sah sehr unglücklich aus.

»Der hat uns noch gefehlt,« rief vorwitzig der Knabe Jur, die Arme wichtig auf der Brust verschränkt.

Der Capitulant machte eine verächtliche Bewegung mit der flachen Hand nach abwärts und wendete sich zugleich zu mir.

»Sie müssen wissen, Herr,« sprach er ernst, »das ist ein alter Mann von mehr als hundert Jahren, ein seltsamer Mann, ein erfahrener Mann, ein kluger Mann, nur etwas schwatzhaft, kindisch jetzt, er lacht ohne Ursache und weint auch wohl ohne Ursache. So kindisch wie man halt mit hundert Jahren ist.«

Da war er selbst und überhob den Capitulanten jeder weiterer Erklärung; ein kleines flinkes Männchen mit schlotterigen Beinen und Armen, eingefallener Brust, trockenem gelben Halse, einem alten gelben Gesichtchen, an dem nichts mehr lebendig war, als die grauen kleinen Augen, welche tief in ihre Höhlen zurückgesunken, um so eifriger Alles zu durchdringen und einzusaugen schienen.

Er hat tüchtige Stiefel, warme Beinkleider, einen langen schmierigen Schafpelz, eine Mütze aus einem dreifarbigen Katzenbalg, und hielt einen rothgestreiften Federpolster wie ein Kind in den Armen und so rasch sprach er mit seinem zahnlosen Munde, daß man ihn nicht immer verstehen konnte.

»Hab' ich euch, ihr Aalfische!« rief er zuerst kichernd, hierauf beklagte er sich über Etwas, was mir entging, später hörte ich, wie er den Capitulanten lobte.

Zu ihm setzte er sich dann auch, und sah Jedem einige Zeit ins Gesicht, der Reihe nach wie wir am Feuer saßen, bis er zu mir kam, da reckte er den kleinen zusammengeschrumpften Hals aus, zog die Augenbrauen empor, stand auf, verneigte sich dreimal und setzte sich wieder.

»Der gnädige Herr wird nicht wissen, was er aus mir machen soll,« kicherte er und schluckte wieder einige Worte hinab. »Sehen Sie, ich bin ein alter Mann, dem Alle gestorben sind. Wie Sie mich da sehen, bin ich allein wie das Kind im Mutterleibe. Voriges Jahr habe ich noch einen Raben gehabt, der, meinte ich, würde mit mir aufwachsen, es hat ihn aber auch beim Flügel erwischt. Nun ist in meiner Hütte Keiner, als ich. Wer will bei einem alten Manne bleiben? – Und dann ich selbst schlafe auch nicht. Das ist so eine Sache, wenn man alt ist. Es fällt einem Vieles ein. Ich fürchte mich allein in der Nacht, ja – ja,« er lachte, so daß die Luft ihm durch die Nase pfiff. »Da bekommt der Nebel Füße und der Schnee Hände, mit denen er an Fenster und Thüre klopft, und der Mond ein Gesicht und Augen, große Augen wie ein Verrückter, und fragt allerhand, der Narr, was unsereins nicht beantworten kann!«

Er spuckte kräftig aus.

»Sehen Sie, da stehle ich mich jederzeit fort, Herrchen, und laufe hin, wo ich weiß, daß Leute sind.«

Der alte Mann unterhielt mich.

»Unter Menschen ist es Euch also wohl?« fragte ich.

»Eigentlich langweile ich mich da vielerseits.«

Der Pappendeckelmann sah ihn entrüstet an.

»Nun ich sage ja gar nichts,« fuhr Kolanko fort. »Aber es gibt nichts, was ich nicht schon gehört hätte. Ich weiß Alles. Alles. Und wenn einmal etwas Neues dabei ist, was liegt etwa daran, daß Iwan es etwas dümmer angestellt hat als Basyl, da er seines Freundes Frau verführen wollte. Geht mir. Ihr seid auch solche Neulinge. Der Capitulant ist der Einzige, dem es noch der Mühe werth ist, zuzuhören, deßhalb bin ich zu Eurem Feuer gelaufen.«

»Also langweilt Euch das Leben,« sagte ich etwas neugierig.

»Allerdings.«

»Und wünscht Ihr Euch den Tod?«

»Den wirklichen Tod? Ja.«

»Was nennt Ihr den wirklichen Tod?«

»Einen Tod, Herr, der ausgibt, der einen lebendigen Mann todt macht für immer, nicht aber, daß er eine Weile in der Erde liegt und dann seine Glieder zusammensuchen kann und von vorne anfangen..

»Er fürchtet das ewige Leben,« sprach der Pappendeckelmann, den Kopf zu mir neigend.

Wir sahen Alle den Alten an. Ich war gespannt, ihn zu hören; denn unsere Bauern sind, ohne je ein Buch gesehen, einen Federzug gemacht zu haben, geborene Politiker und Philosophen. Es ist orientalische Weisheit in ihnen wie in den armen Fischern, Hirten und Straßenbettlern von Tausend und einer Nacht, bei denen Harun al Raschid einkehrt. Ich erwartete zu hören, was man nicht alle Tage hört und weder in Hegel noch Moleschott liest.

»Was habt Ihr denn eigentlich an diesem Leben?« sprach der Alte leise und deutlich, »Ihr Neulinge, Ihr könnt so wünschen fort zu leben, Ihr jungen Leute. Einer, der wie ich Alles gesehen hat, was ein Mensch sehen kann, Alles erfahren, Alles gelitten hat, was ein Mensch nur leiden kann – der freilich« – er versank in Nachdenken.

»Das ewige Leben müßte gewiß entsetzlich langweilig sein,« sagte er hierauf, »aber ich kenne Etwas, was mir noch furchtbarer wäre.«

»Das wäre?« –

»*Wieder geboren zu werden.*« Er lachte laut.

»Das ist mir wahrlich noch nie eingefallen,« sagte der Pappendeckelmann bedächtig, »der alte Mann hat Recht.«

Der Capitulant starrte in das Feuer mit verglasten Augen wie ein Erfrorener. Der Alte stieß ihn mit dem Ellenbogen.

»Nun, was sagst du?«

»Gott soll mich bewahren,« sprach ernst der Capitulant. »*Ich will nicht wieder geboren werden!*« »Sehen Sie also, Herrchen,« begann der Alte wieder, »ich denke mir etwa: du langweilst dich so genug mit deinen hundert Jahren im Leibe, aber es nimmt einmal ein Ende. Wenn du dich aber im ewigen Leben zu langweilen beginnst, da gibt es keine Rettung. Nehmen wir an, Leute! das wäre wirklich Alles so mit dem Himmelreiche. Also gut. Anfangs Herrchen, wäre Alles so zu sagen angenehm, es fehlte nicht an spassigen Gesprächen, erzählt mir der heilige Sebastian, wie die Türken auf ihn mit gefiederten Pfeilen geschossen und ihn angenagelt haben wie eine Eule, wie er aber nicht ganz todt war und eine Wittwe ihn gerettet hat in ihr Haus und wie er dann wieder dem Heidenkaiser entgegen ging und sagte: du Hundsblut! und dann noch einmal erschlagen wurde. Dann erzählt mir der heilige Bischof Polykarp von der tüchtigen Antwort, die er einem Heiden, so einem römischen Feldmarschalllieutenant gab und wie er dann auf dem Scheiterhaufen gebraten wurde und der heilige Vincenti beschreibt mir, wie er auf den schneidenden Scherben gebettet war. Aber endlich erzählt mir der heilige Sebastian zum tausendstenmale von den Pfeilen, und der heilige Vincenti zum tausendstenmale von den schneidigen Scherben und dann – nicht schlafen können! Im Schlafe ist der Mensch doch für einige Zeit todt. Und dann kann man doch gähnen, aber der Teufel weiß, ob die reinen Geister auch gähnen können.«

»Ihr seid munter,« sagte ich, »glaubt Ihr, daß Ihr es noch weit bringt über hundert?«

»Ja, leider, leider,« entgegnete er. »Wenn man so hundert Jahre geschaut hat, Herrchen, wie es aussieht in diesem Leben, hat man allenfalls genug. Man möchte lange, lange schlafen und wenn es sein könnte, nicht mehr aufwachen.«

Er versank in Gedanken und schaukelte seinen Federpolster vor sich hin. »Mit dem Himmel, Herrchen, kann das nur ein schlechter Spaß sein. Sehen Sie, dahier muß Alles was lebt, so Thier als Mensch, wie verzweifelt thun, nur um weiter zu leben und Eines mordet das Andere, und Eines lebt vom Anderen, und da drüben sollten so viel Faullenzer gefüttert werden? Wenn es ein ewiges Leben gibt, Herr, so heißt es dort wieder arbeiten, entbehren, leiden. Man sollte beten statt: Erlös uns von dem Uebel – erlös uns von dem Leben.«

»Glaubt Ihr an kein zweites Leben?« fragte still der Capitulant; seine Stimme zitterte bei der Frage.

»Ich sage gar nichts,« erwiederte Kolanko, indem er mit dem Finger in seiner Nase herumstocherte. »Die heilige Schrift aber ist ein Buch, das Gott selbst geschrieben hat. Der Diak wird's doch wissen. Sagt der Diak, kommen Stellen vor, man sieht, der liebe Gott hat es damals noch selbst nicht gewußt, ob es ihm gelungen ist, die Menschenseele unsterblich zu machen. Da steht geschrieben: Es geht dem Menschen wie dem Vieh, wie dies stirbt, so stirbt er auch, und haben alle einerlei Athem, und der Mensch hat nichts mehr denn das Vieh. Nun seht Ihr, der liebe Gott wird's doch wissen. Und dann steht geschrieben: Es fährt Alles an einen Ort, es ist Alles von Staub gemacht und wird wieder zu Staub. Wer weiß, ob der Geist des Menschen aufwärts fahre und der Athem des Viehs unterwärts unter die Erde fahre. Darum sah ich, daß nichts Besseres ist, denn daß der Mensch fröhlich sei in seiner *Arbeit*, das ist sein Theil, denn wer will ihn dahin bringen, daß er sehe, was nach ihm geschehen wird. – So steht es geschrieben, Wort für Wort.«

»Nichts Besseres, als daß der Mensch fröhlich ist bei seiner Arbeit,« rief der Capitulant. »Seine Pflicht muß man thun. Das ist das Beste. Was will man sonst auf dieser Welt?«

Mich beschäftigte der Alte vorläufig mehr als der Capitulant.

»Hört, Freund,« wendete ich mich zu ihm. »Ihr habt also den Wunsch für immer zu sterben, und der Tod flößt Euch nicht die mindeste Furcht ein?«

»Doch! doch! Herrchen,« nickte er kichernd, »ich fürchte mich ganz entsetzlich vor dem Tod.« –

»Wie das?« –

»So zum Beispiel; wie ich da lebe, habe ich doch eine Hoffnung, es nimmt einmal ein Ende; ist das wahr?«

Es war mir, als blicke er mir dabei mit seinen kleinen grauen Augen bis in die Tiefe der Seele hinein.

»Wenn aber der Tod kommt, dieser Augenblick, auf den ich mehr als hundert Jahre so schwer warte und ich lebe dann weiter... dann ist Alles aus.« Der ganze Kreis lachte.

»Ich bitte den Herrn!« fuhr der Alte schnell fort, »sehen Sie mich an. Ich bin ja kein verzweifelter Mensch, so ein abgewirthschafteter Bauer etwa oder ein Winkelschreiber; aber das Leben ist mir verdrießlich, so recht widerwärtig; wissen Sie, das ist eine Entdeckung, die jeder bald gemacht hat, wenn er sich nur das Bischen Gefallen erweist, über sich nachzudenken. Wenn die Leute einen Selbstmörder finden, allenfalls erhängt, da wundern sie sich – »Wie mag's dem gegangen sein?« – Wie? – es ist ihm eben *nicht gegangen*.«

Einen Augenblick war es ganz stille, das Feuer arbeitete und der Rauch wälzte sich träge gegen das Birkenwäldchen. Der Wind hatte sich ganz gelegt.

Der hundertjährige Mann blickte seitwärts auf den Capitulanten.

»Da ist auch so Einer,« sprach er leise. »Nicht?«

Dem Capitulanten war das Haupt bis auf die Brust herabgesunken, er schwieg.

»Aber erzähl' etwas, Balaban!«

»Erzählt uns, Freund,« sagte ich. »Man sagt, daß Ihr gut erzählt.«

Der Capitulant lächelte trübselig.

»Soll ich ein Märchen erzählen?« fragte er zuvorkommend.

»Nein, Etwas was Euch selbst begegnet ist.«

Der Alte nickte zustimmend.

»Ja, er weiß mehr als mancher Mann,« stieß er heiser heraus.

Der Capitulant fuhr mit der Hand leise über die Stirne.

»Was soll ich erzählen?« –

Der Pappendeckelmann reckte seinen Hals gewaltig aus und blinzelte verdrießlich mit seinen winzigen Augen.

»Was war das, was der Jude vorhin gemeint hat?« sagte er.

»Ach, so eine Historie,« entgegnete der Capitulant leise, sein Blick versank in das Feuer, eine stille unsäglich rührende Trauer lagerte sich auf seinem Gesichte.

»Eine Historie?« fragte Kolanko begierig.

»Nun so eine Historie, wie viele Historien sind,« murmelte der Capitulant.

»So,« sagte der Greis.

»Alte Historien und nicht eben unterhaltend.«

»Es ist eine Liebesgeschichte,« fügte der Pappendeckelmann schamhaft mit halber Stimme hinzu und blickte von unten wie furchtsam auf den verabschiedeten Soldaten.

»Gewiß etwas ganz Kurioses!« rief Kolanko.

»Auch nichts Kurioses,« sprach der Capitulant. »So – was alle Tage begegnet. Ich will – auch weil der Herr da – es ist besser vom ungarischen Krieg zu erzählen. Wir marschirten also –«

»Du wirst uns doch nicht wieder von Dukla nach Kaschau marschiren lassen,«[2] unterbrach ihn der Alte. »Jetzt wäre es das siebentemal, ich denke, da möchtest du doch etwas Anderes –«

»Erzähle nur die Historie,« begann der Pappendeckelmann.

»Was für eine Historie?«

»Nun von der Katharina vom Baran drüben, von der gnädigen Frau,« sagte der Pappendeckelmann nicht eben laut, aber mit einer eigenen bitteren Art Verachtung, und zugleich loderte etwas von der Feindseligkeit unseres Bauers gegen den Adel in seinem Auge auf.

»Habt Ihr sie gekannt?« fragte der Capitulant ohne aufzublicken. Dann schwieg er.

Keiner wagte das Wort zu nehmen.

»Ich habe sie gekannt.«

Seine Stimme zitterte so traurig wie der letzte Ton unserer Volkslieder. Er hob langsam den Kopf, seine Augen standen jetzt groß, ruhig, visionär in seinem bleichen Gesichte.

»Jetzt wird er erzählen,« flüsterte Mongol und stieß den Pappendeckelmann sanft in die Seite.

Alle setzten sich in Positur, um ihm behaglich zuzuhören. Mrak, welcher wie eine ordentliche Wache auf- und abging, hielt inne und stützte sich auf die Sense.

»Wie war das gleich, als ich sie das erstemal traf?« begann der Capitulant. »Richtig, es war in den Erlenbüschen bei Tulawa, sie suchte Haselnüsse dort und hatte sich einen Dorn, einen langen scharfen Dorn, wißt Ihr, in den Fuß gestoßen, saß nun da am Rain und weinte, und wie ich das hübsche Mädchen da sitzen sah und so

---

[2] Der erste Marsch des Schlick'schen Corps im ungarischen Winterfeldzuge.

bitterlich weinen, da wurde mir leid um sie. Nun da bleib ich denn stehen und fragte sie: »Was hast du?«

Sie gab keine Antwort, zog nur wieder so an dem Dorn und schluchzte noch stärker. Jetzt merkte ich, was meinem Vogel fehle, hockte mich zu ihr nieder und sagte: »Warte, ich werde dir schon helfen.« Sie hörte zu weinen auf, ließ mir ohne weiteres ihren Fuß und blinzelte seitwärts nach mir hin. Ich hatte ihn sogleich, den Dorn, wißt ihr, und wie ich ihn herauszog, zischte sie nur ein klein wenig durch die Zähne, dann riß sie ihr Kopftuch über das Gesicht herab, sprang auf und lief davon, ohne sich zu bedanken.

Wenn sie mich nach dieser Historie nur von weitem sah, floh sie euch wie vor einem Unthiere, einem Hajdamaken. Und mir war es wieder recht, wenn ich sie irgendwo fand.

Einmal kam ich mit einer Fuhre zurück vom Markte, hatte schwer geladen und ging neben den Pferden, da stand sie hinter dem Zaune, und wie ich sie bemerkte, duckte sie schnell herab und blitzte mit ihren schwarzen Augen durch die Weidenruthen auf mich wie eine Katze.

»Warum versteckst du dich, Kasja,« rief ich, »ich thue dir nichts.« Zugleich hielt ich die Pferde an.

Das Mädchen blieb euch aber stille.

»Nun, was bildest du dir ein,« sprach ich weiter, »und läufst immer fort. Ich laufe dir nicht nach.«

Darauf kam sie wieder zum Vorschein, hielt den Arm vor die Augen und lachte, die Spitzbübin. Ach! was hatte sie für ein liebes Göschchen und diese Zähne, wie weiße Korallen!

»Ihr fahrt vom Jahrmarkt, Balaban,« sprach sie verschämt. –

»So ist es, Katharina,« erwiederte ich artig.

»Ach! könnte ich so in der Welt herumlaufen wie Ihr,« sagte sie.

»Wo würdet Ihr allenfalls hinfahren, Katharina?«

»Nun, auf den Jahrmarkt, meine ich, und alle Städte müßte ich sehen und das schwarze Meer, zuerst aber Kolomea,« entgegnete sie mir.

»Ihr wart noch nicht in Kolomea?« fragte ich.

»Niemals.«

»Niemals?«

»Ich habe noch keine Stadt gesehen,« fuhr sie fort und sah mich jetzt auch beherzt an. »Ist es wahr, daß dort zwei, drei Häuser aufeinander stehen? und die Edelleute fahren in Kästen herum? die vier Räder haben? und ein Haus gibt es voll von Soldaten?«

Ich erklärte ihr das alles und sie fragte allerhand spassiges Zeug, sie verstand es damals nicht besser. Ich mußte lachen, so ein Unsinn! Bei Gott! Sie sah mich erschrocken an und barg dann wieder schnell ihren Kopf unter dem Arm, wie ein Hühnchen. Die Sonne ging eben unter, ich sehe heute noch alles ganz deutlich, die Straße, den Zaun, das hübsche Mädchen. Der Himmel war hinter ihr wie ein ausgespanntes, brennrothes Tuch. Ich konnte nicht hinsehen, griff mit einer Hand am Wagen herum und zog mit der anderen den Peitschenstiel durch den Sand.

Den Sonntag darnach treffe ich meine Katharina – verzeiht. Ich sage meine Katharina. So eine dumme Gewohnheit. Gut, ich treffe sie, nämlich in der Kirche, bete hübsch und schaue nur von Zeit zu Zeit auf sie hin. Wie die Leute nach der Messe hinausgehen, entsteht euch ein fabelhaftes Gedränge um den Weihbrunnen, ich arbeite ordentlich mit meinen Ellnbogen, und bringe meiner hübschen Katharina das Weihwasser in der hohlen Hand. Sie schmunzelt, taucht ihre Finger ein, macht das Kreuz und besprengt mich dann, die Spitzbübin, und läuft fort.

Von nun an mußte ich immer an sie denken, gegen meinen Willen. Das war das Unglück. Ich studire euch nach, wo ich ihr begegnen kann, so daß es doch den Anschein hat, sie laufe mir zufällig in den Weg. Ach, mein Gott! so eine Liebesgeschichte wie jede andere.

Eines Tages hatte ich Robot im Herrenhofe und traf sie, wie sie aus dem Hause kam. Unser Gutsherr lag im Fenster, so im Schlafrock, versteht ihr, und rauchte seinen Tschibuk. Katharina machte sich neben mir etwas zu schaffen, ich beachtete sie nicht.

»Ich gehe jetzt, Balaban,« sagte sie nach einer Weile.

»Es ist gut, daß Ihr geht,« sprach ich so mit halber Stimme.

»Was sucht Ihr in Herrenhofe? Hier gibt es wenig Gutes für ein junges, hübsches Ding, wie Ihr seid.«

Katharina wurde roth, ich weiß nicht ob vor Zorn oder Scham.

»Was liegt Euch denn daran?« fragte sie, so beiseite.

Ich wurde euch verlegen, ganz verlegen.

»Was mir an Euch liegt?« sagte ich dann ernst. »Der Teufel hat überall sein Spiel und mir ist es leid um jede gute Menschenseele, die unserem Herrn Gott gehört.«

»Ich bin ein armes Mädchen,« sagte sie. »Wer gibt mir was? wer wird mich heirathen? und ich muß doch leben und mich freut doch auch, was andere Frauen freut. Ich möchte mir im Herrenhofe etwas schön verdienen, ein neues Kopftuch allenfalls, oder solche schöne Korallen, oder gar einen Pelz.«

»Was brauchst du Korallen,« sagte ich, »oder –«

»So gefall' ich Niemandem,« rief sie.

»Das lügt, wer das sagt,« schrie ich hitzig.

Ich war schon ganz verliebt in das Ding, sag' ich euch. Nun wußte ich euch, was ich zu thun hatte. Ich dachte an die alten Geschichten und Lieder, wie der Czar die Czarewna und der arme Fischer das Fischerweib zuerst gewinnt mit schönen Geschenken, und legte den Groschen zum Groschen, bis der *heilige Dreikönigstag* kam.

Da war ich am Abende der Erste, mich schwarz anzustreichen. Ich hatte eine rothe Altardecke vom Diak bekommen, das gab einen Mantel ab, und eine große spitze Krone aus Goldpapier. Ich war der schwarze König und ich hatte zwei gute Kameraden, den Iwan Stepnuk und den Pazorek, die waren die beiden weißen Könige, gut herausstaffirt, und mein Vetter, der Jusef, den die Blattern genommen haben, war unser Diener, ein ganzer Mohr.

Der trug euch die Geschenke. So machten wir uns denn auf den Weg, wir Weisen aus dem Morgenlande, sangen tapfer unser Lied und Pazorek trug den Stern auf einer langen Stange.

Wie wir bei Katharina eintraten, flogen die Mädchen wie eine Kette Rebhühner auf und schrieen, der Alte aber, ihr Vater, lächelte und holte den Branntwein vom Brette herab, uns schön zu bewirthen. Während die Anderen mit ihm tranken, wie es sich gebührt, nahm ich Katharina artig bei der Hand, verneigte mich und sprach: »Ich segne dich, Blume des Abendlandes. Wir Könige des Ostens, folgend dem Sterne, der uns den Weg zu unserem Heiland weist, zogen in dieses Land, wo uns deine Schönheit und Rechtschaffenheit zu Ohren kam. Wir sind in deine Hütte getreten, um uns vor dir zu neigen und dir Geschenke zu bringen.«

Dabei winkte ich dem Vetter Jusef, unserem schwarzen Diener, zog ein schönes großes rothes Kopftuch aus seiner Torba und brachte es ihr dar und zog dann drei Schnüre schöner großer rother Korallen hervor und brachte sie ihr gleichfalls dar. Ich hatte Beides für meine guten Groschen in Kolomea gekauft. Meine Katharina bückte sich vor Verlegenheit, wurde euch roth wie Blut und verbarg beide Hände zwischen ihren Knieen, aber mit den Augen verschlang sie euch gleichsam das Tuch und gar die Korallen, und ich zog sie sachte auf die Ofenbank, legte ihr meine Geschenke freundlich in den Schooß. Dann sprachen wir euch so schön. Ich sagte: »Schöne Czarewna, über's Jahr bringe ich Euch einen schönen Pelz von Zobelfellen, oder weißen Hermelinen, wie ihr es befehlt,« und sie sagte: »Majestätischer König der Mohren! ich bin keine Czarentochter, nur ein armes Bauernkind und mir ist ein Schafpelz genug.« Darauf ich wieder: »Schön bist du wie eine Czarentochter, das ist die feste Wahrheit. Bei uns ist eine andere Welt, ein anderes Volk, eine andere Erde. Ein jeder Mann hat hundert Frauen und ein König tausend, doch weiß ich nur ein Weib, das ich möchte für mein ganzes Leben.«

Die Anderen wurden lustig, sprangen und schrieen, und Pazorek hob meine Katharina kuraschirt von der Bank und drehte sich mit ihr wie ein Kreisel, ich aber saß still und sah ihnen zu und damals begann mir das Herz so seltsam zu schmerzen. Die ganze Welt bekam ein anderes Aussehen für mich, so kurios. Wie es euch Leute gibt, die nur bei Nacht ihr Augenlicht verlieren,[3] so war ich euch auf einmal wie blind bei hellem Tage; die Welt, die ich sah, war nicht diese unsere Welt, ich blickte gleichsam nur in mich hinein und Nachts wurde ich auf einmal sehend und sah rings um mich wunderbare Gesichte in Busch und Feld. Ich sah in Luft und Wasser, im Mondlicht, was kein Anderer sah, und hörte auch was Niemand hörte, und fühlte – es sind viele, viele Jahre vergangen seitdem, aber ich habe noch immer keine Worte gefunden, mit denen ich euch sagen könnte, was ich damals fühlte. Mein Herz wurde so weit und wieder so eng, flog jetzt und stand jetzt still. – Ach! Dummheit!«

Der Capitulant lächelte wehmüthig und wiegte dann den Kopf langsam hin und her.

Zwei Tage nach dem Dreikönigstage traf ich Katharina unterwegs.

»Hast du dich mit Lauge gewaschen?« rief sie schon von weitem und lachte euch dabei so spitzbübisch.

Ich wollte sie haschen, aber sie entkam mir noch dießmal.

Wir hielten jetzt immer lange Gespräche, wo wir uns begegneten und ich kam auch zu ihr, in ihre Hütte. Die Nachbaren machten schon ihre Rumarken.

»Weißt du, was die Leute sagen?« sprach ich zu Katharina.

»Wie soll ich das wissen?«

»Sie sagen, daß du meine Geliebte bist.«

»Bin ich's denn nicht?« fragte das arme Kindchen und machte große Augen. »Habe ich nicht ein Kopftuch von dir bekommen und Korallen?«

Ich war stille.

»Wirklich sagten es die Leute, und Jeder hielt sich ferne. Bald war es auch die Wahrheit,« sagte der Capitulant leise, und sah wie ver-

---

[3] Tagseher in Kleinrußland.

schämt vor sich in die glimmende Asche, sein Antlitz zeigte einen ruhigen Glanz, seine Augen schienen durchsichtig von innen erleuchtet.

Ich warf einen Blick auf die Bauern, Kolanko lauschte mit zusammengezogenen Brauen und übereinander gepreßten Lippen, der Pappendeckelmann und Jur, der hinter seinem Rücken saß, lehnten wie Garben an einander, Mongol lag in der Asche wie ein Fisch am Sand, vor lauter Spannung vergaß er Athem zu holen und schnappte nur von Zeit zu Zeit nach Luft.

»Es war ein hübsches gutes Mädchen, diese Katharina,« bemerkte der Pappendeckelmann eifrig zu mir herüber, »und was das für ein stolzes Weib gegeben hat, eine rechte Herrin. Einen Gang hat sie Ihnen, mein Wohlthäter, wie eine Czarin, und schön ist sie wie der Teufel.«

»Heute noch?«

»Das will ich meinen.«

»Ich habe einmal ihre Hand geküßt,« rief der Bube mit leuchtenden Augen. »Sie zog den Handschuh herauf und ließ mich küssen, eine Hand wie eine gnädige Frau, so weiß, so rund, ein feines Händchen.«

»Es war ein hübsches gutes Mädchen,« wiederholte der Capitulant, »fleißig, heiter, sang euch bei der Arbeit und tanzte wie eine Majka. Auf jedes Wort fand sie eine Antwort und hatte zuweilen Gedanken gleich einer Wissenden.«

Sie war mehr groß als klein und hatte braunes Haar und so gute blaue Augen, dämmernde Augen, wißt ihr, und wieder erstaunte, blöde, so zu sagen, Thieraugen. Wenn sie mich ansah, fühlte ich es bis in die Fußspitzen. Ihr Kopf war – so edel, möchte ich sagen. Bei dem Gutsherren im Garten stand ein altes Weib von Stein, ich will sagen ein Weib von Stein, so eine alte Göttin. Sie hatte denselben edlen Kopf, dieselben strengen Züge. Ein schönes Weib und fröhlich wie im Sommer das Wasser auf der Czernahora.« Es war schwer, sie nicht zu lieben. Sie war mir wahrhaftig die liebste Seele auf der Welt. Ich konnte zu ihr sprechen wie zu meiner Mutter, ich konnte ihr alles sagen, alles vertrauen, vor ihr hatte ich keine Furcht keine Scham, keinen Hochmuth. Manchmal saß sie wie eine Heilige in der Kirche, still und ernst und mir war es feierlich zu Muthe, wie wenn ich beten sollte und ich beichtete ihr so zu sagen alles, was ich auf dem Herzen hatte. Sie kannte jeden Winkel in meiner Seele, ihr und Gott dem Herrn war nichts in mir verborgen. Und sie – sie war wie mein Kind, wie ein Thier, das ich aus dem Nest genommen und mir aufgezogen. Ich sah sie nur an, sie wußte schon meinen Gedanken, meinen Willen.

Es war, als hätte mich die Mutter in Honig gebadet, so küßte sie mich ab, und biß mich oft wie eine Schlange.

»Ich war glücklich. »Er lächelte. »Das heißt, wenn ich jetzt daran denke, war ich damals glücklich, dort wußte ich es nicht. Aber daß es je anders sein könnte, das hätte ich mir wahrhaftig nicht vorstellen können.

Nun, daß ich euch sage, so kam denn wieder das Frühjahr. Ich merkte seit einiger Zeit eine Veränderung. Katharina hob mir den Kopf etwas hoch.

Da geschah es eines Abends, daß ich die Pferde zur Tränke führte. Dort war es bei dem Ziehbrunnen hinter den Weiden, versteht ihr. Sie ließ mich warten. Es war das erstemal, daß das geschah. Und so kam sie denn auf einmal über die Wiese, zierlich wie eine Bachstelze, die Kannen auf der Schulter wiegend und sang ein ausgelassenes Lied:

> »Nicht beten geh' ich in die Kirche,
> Nur in die Kirche den Geliebten sehen,
> Trete zu den Heiligenbildern,
> Blicke einmal auf den Priester,
> Dreimal auf den Liebsten hin.«

4

4

Ne toho jdu cerkowci Bohn se molyty,
Lys toho jdu do cerkowci, na lubka dywyty:
Oj pydu ja do cerkowci, stanu pid obrazy
Podywliu se raz na popa, na lubka try razy.
Kleinrussisches Volkslied aus dem Huzulenlande.

Sie sang so fröhlich, sie jubelte wie eine Lerche, und ich war so traurig. Ich küsse sie schön und umarme sie hübsch, und sage ihr kein böses Wort, und sie weiß mir nichts Gutes zu sagen, bückt sich eifrig, füllt ihre Kannen, ich reiche sie ihr, sie hängt sie an ihre Stange und sie setzt sie wieder nieder.

»Was wird das sein,« begann sie, mit der Fußspitze im Wasser spielend. »Ich muß es dir doch sagen. Der Gutsherr verfolgt mich.«

»Der Gutsherr?« sagte ich, beinahe erschrocken.

Sie nickte leicht mit dem Kopfe.

»Er nennt mich sein Liebchen, nimmt mich um den Leib, er hat mich auch schon einmal geküßt.«

Ich wurde zornig und stampfte mit dem Fuße.

»Schlage mich nur nicht,« rief sie. »Er verspricht mir schöne Kleider, theure Steine, und jetzt habe ich oft nicht so viel, um mir ein Band zu kaufen; ich könnte in seinem Wagen fahren mit vier Pferden, wie eine gnädige Frau, aber ich will nicht.«

Sie wagte noch immer nicht aufzublicken.

»Sieh' mich an,« sagte ich.

Sie gehorchte, aber ihr Auge war so scheu, so fremd.

»Ich höre nicht, wenn er zu mir spricht,« fuhr sie lebhaft fort; »auch drohe ich, ihn zu schlagen, wenn er mich küßt.«

»Und er hat dich doch geküßt,« sagte ich, »und du hast ihn nicht geschlagen.«

»Ich will ihn nicht,« rief sie wieder; »er weiß es und rächt sich dafür. Mein Vater kann ihm jetzt nichts recht machen, er wird ihm noch die Wirthschaft nehmen und uns wie Bettler, wie Diebe aus dem Dorfe jagen.«

»Das darf er nicht,« setzte ich dem blöden Ding auseinander. »Sei nur recht kuraschirt,« sagte ich. »Wenn Gott uns segnet, mag der Teufel dabei ministriren. Aengstige dich nicht, mein Seelchen, meine Süße, meine kleine Wachtel. Liebst du mich noch? – Halte dich. Bleibe fest.«

Da begann sie zu weinen, so jämmerlich, daß Einem das Herz bersten konnte.

»Ich werde nicht können!« rief sie.

Eine Lerche stieg eben aus dem grünen Saatfeld empor.

»Die Lerche fliegt,« sprach sie, »sie fliegt in den Himmel – O! könnt' ich mit.«

»Ich bitte dich, rede keinen Unsinn,« rief ich. »Bleib' bei mir.«

»So wird es nicht gehen,« erwiederte sie und seufzte und wischte sich die Thränen aus den Augen. »Ich werde nicht widerstehen können.«

Mein Pferd zupfte mich so, als wollte es mir was sagen, ich streichelte es traurig und mir kamen die Thränen.

»Was sollst du auch?« sprach ich. »Niemand kann etwas gegen seine Natur.«

Katharina hatte indeß aufmerksam ihr Bild im Wasser betrachtet. O, wie schön sie war! Ihr Antlitz blickte wie das einer Russalka, der keine Menschenseele widerstehen kann, aus dem leise schaukelnden Spiegel.

»Wirst du mir treu bleiben?« fragte ich leise.

Ich fürchtete mich. Eine entsetzliche Angst faßte mich, sie zu verlieren, von ihr getrennt zu werden. Ich hätte sie kniefällig bitten können: Bleib' bei mir! – Nun – Gott verzeih' es ihr.

»Ich lasse dich nicht!« rief sie und fiel mir an die Brust. »O! wäre ich so schön wie die helle Morgenröthe, würde ich über alle Felder scheinen, nie verlöschen – und so weiß ich nicht, was ihm an mir gefällt, und wir passen besser zusammen, ich und du. Nicht wahr, Balaban?«

Ich nickte und ging mit den Pferden bei Seite und sprach kein Wort.

Der Capitulant hielt inne, beim Erzählen war ihm die Pfeife ausgegangen, er klappte den Deckel auf, stieß mit dem Messer hinein, daß die Asche aufflog, und schob frischen Tabak nach. Dann legte er bedächtig ein kleines Stückchen Schwamm auf den Feuerstein, welchen er am Gürtel trug, und schlug Feuer mit dem Messer. Die Funken flogen, den glimmenden Schwamm, der einen angenehmen herben Geruch gab, warf er in die Pfeife und that dann einige leichte Züge.

»Ich sprach sie noch einmal,« fuhr er dann fort. »Damals kam ich in ihre Hütte. Der Alte war auf Robot. Wir waren allein. Wie ich sie so in meinen Armen hielt, zitterte sie und küßte mich, daß mir die Lippen bluteten. Auf einmal lächelte sie.

»Denke, wenn ich so einen Herrn, einen gnädigen mächtigen Herrn da hätte, wie jetzt dich,« sprach Katharina zu mir. »Wenn er so seufzen würde vor mir und die Augen verdrehen wie du. Wäre das nicht hübsch?«

Sie legte euch beide Hände auf den Nacken, wenn sie so sprach, bog sich zurück und starrte zur Decke empor, wie im Traum, sag' ich euch. »Es ist ein stolzes Vergnügen,« murmelte sie, »so ein Herr! – Er schlägt nach den anderen Weibern mit der Peitsche, wie nach Hunden und mir – mir küßt er die Hände. Du glaubst es wohl nicht?«

O! ich glaubte es wohl. Sie sah, daß mir das Weinen nah' war, und da war ihr wohl leid; sie strich mir langsam die Haare aus der Stirn und lächelte. Da ich lange nichts sprach, stand sie auf und kämmte ihr Haar.

»Was hast du?« rief sie dann. »Bringe mich nicht auf, sonst –«

Ihre Augen funkelten im Zorn.

»Katharina!« sprach ich, »denke an die Ewigkeit!«

Kolanko rückte unruhig hin und her und blickte mitleidig auf den Capitulanten.

»Eben daran denk' ich,« entgegnete sie. »Wir sind hier sehr kurz, dort aber ewig.«

»Du hast ihr doch nicht geglaubt?« unterbrach der Alte den Erzähler.

»Sie setzte sich zu mir,« fuhr der Capitulant fort.

»Was würdest du sagen, Balaban,« begann sie«,wenn ich hier dem Herrn gehören würde und drüben immer nur dir. Dort sind wir reine Geister. Dort werde ich auch ein reiner Geist sein. Hier bin ich's nicht. Hier bin ich ein Weib, wie alle anderen.«

Ihre Augen zogen sich dabei zusammen, wißt ihr, und ihr rother Mund lachte so tückisch, daß mir ein Schauer über den Rücken lief.

»Hättest du einen Hof,« meinte sie euch, »könntest du mir Mägde halten und Knechte, einen Wagen, vier Pferde, könntest du mir aus der Stadt theure Steine bringen und einen Zobel bringen, wie ihn die Edelfrauen tragen, ja, wärst du nur ein rechter Bauer, der seine guten Groschen hat, ich würde Keinen lieben als dich, dich allein. Du bist mir in der ganzen Welt der liebste Mann.«

Sie nahm mich um den Hals, weinte und küßte mich. Mir stand in der Brust Alles stille vor Trauer. Ich dachte euch nach wie einer, der in Ketten liegt und gehängt werden soll und keine Rettung weiß.

»Weißt du was,« sagte ich endlich, »ich will zu den Hajdamaken, ich will Räuber werden, damit du theure Steine haben kannst und Gold und Silber, Zobelpelze, Hermeline.«

»Wozu?« sprach sie und schüttelte das Haupt. »Sie werden dich doch zuletzt gefangen nehmen und dich an den Galgen hängen, und von dem Herrn bekomme ich Alles, ohne daß ihm ein Härchen weh thut; was meinst du? Ist das nicht besser?«

»Du bist überaus gut,« erwiderte ich.

»Freilich,« rief sie, »ich will nicht, daß du meinetwegen sterben sollst.« Dabei nahm sie mich um den Hals und küßte mich leise auf meine nassen Augenlider. Dann schritt der Vater herein, sah uns an, stellte den Dreschflegel in die Ecke. Ich redete noch aus Artigkeit ein Wort um das andere mit ihm, ging dann hinaus; es war ein milder Abend, der Himmel funkelte, Katharina ging neben mir, wir schwiegen Beide, dann ging ich schneller, sie blieb zurück und ich pfiff mir so, aber nicht von Herzen.

Das Alles war lange vor dem Jahre 1848, müßt ihr wissen. Noch war die Unterthänigkeit und die Robot, der Bauer mußte viel aushalten von dem Herrn.

Damals wurde ich mit einer Salzfuhre fortgeschickt über mehrere Tage. Es war gegen das Patent,[5] gegen alles Recht, ich wußte es, aber ich duldete es, das war nicht gut. Seht ihr, das war das Unglück, da begann mein Elend. Man soll nichts thun aus Schwäche. So ein Mensch, der sich fügt gegen seine Einsicht, seinen Willen, sein Gefühl, der wird euch dann nachlässig in seiner Pflicht, ein rechter Schuft. Nun, Gott sei Dank, ich habe mich noch bei Zeiten gebessert. Seine Schuldigkeit soll man thun, das ist es.«

»Nun, was hättest du aber thun sollen?« meinte mit mürrischem Augenzucken der Pappendeckelmann.

»Das war eine schwere Zeit!« rief Kolanko und seufzte jämmerlich. »Wenn man von seinem Rechte sprach, antwortete der Edelmann mit dem Stocke. Böse Zeiten! Böse Zeiten! Ihr Jungen wißt nicht viel davon.«

»Nun, und was geschah, als man euch mit der Salzfuhre fortschickte?« fragte ich rasch, denn ich wußte, daß unsere Bauern, wenn sie auf die Robotzeit zu sprechen kommen, zu keinem Ende gelangen können.

»Nun, ich blieb lange aus. –

Wie ich zurückkam, hatte der Mandatar immer viel Arbeit für mich und Katharina ging furchtsam mir aus dem Wege. Ich roch euch den Tabak gleich. Zuletzt traf ich meine Geliebte in der Kirche, wir geriethen ganz zufällig an einander. Sie hatte euch ein seidenes Kopftuch, den Hals von unten bis oben mit Korallen umwunden, und einen neuen Schafpelz, der noch auf zwanzig Schritte entsetzlich roch. Sie sah mir kaum ins Gesicht, so war sie auch weiß, wie ein frischgeputztes Riemenzeug.

»Du bist schön,« redete ich sie an. »Wo ist denn mein Kopftuch?«

»Such' dir's!« rief sie, halb zornig, halb furchtsam.

Ich sah sie an.

»Willst du mir was anthun?« schrie sie auf.

»O nein!« sprach ich, »geh' deines Weges!«

---

[5] Robotpatent Kaiser Josephs II., das die Rechte der Gutsherren festsetzte und zugleich in vielem minderte und beschränkte.

Ich wurde auch manchmal zum Holzfällen geschickt in den Wald. Dort war mir gut. Wenn so der Wind brausend durch die Wipfel zog und die Halme neigte, der Specht feierlich an die Stämme klopfte, ein Geier über mir in den Lüften stand, von Zeit zu Zeit leicht die Flügel regte und schrie, dann lag ich auf dem Rücken, blickte in den Himmel und das Herz that mir nicht mehr weh. Oft war mir schlecht zu Muthe; ich grub unter die Wurzeln einer Eiche ein Loch, dort legte ich Groschen zu Groschen; ich wollte eine Flinte kaufen. Es hätte lange gedauert.

Beim Holzfällen traf ich auch die Brigitta, so eine Baba, ein altes Weib aus Tulawa, die sammelte dort Thymian. Sie schlug die Hände zusammen.

»Ihr fällt hier die Bäume, Balaban,« rief sie, »und der Grundherr hat Euch unterdessen Eure Katharina auf eine Mentressa genommen!«

»Was Ihr sagt!« erwiderte ich. »Ist sie bei ihm im Hause?«

»Gewiß, Herr Jesus, war das eine Historie,« erzählte sie weiter. »Die Beschließerin mußte gleich fort, der Herr hat sie gejagt. Diese Katharina commandirt jetzt. Ich bringe Schwämme in die Küche und sie kommt dazu, hat den ganzen Kopf voll papierner Würste, wie eine Dame und ein langmächtiges Kleid, raucht ein Cigarro, wie ein großer Herr. Da seh' ich sie an und küsse ihr nicht die Hand. »Weißt du nicht, was mit meiner Hand anzufangen?« schreit sie gleich. »Da gehört sie hin!« Schlägt mich aufs Maul. Und schlägt mich noch einmal.«

Das erzählte mir die Alte und erzählte mir noch, daß die Katharina jetzt wie eine Herrin wohne und angezogen sei wie eine geborene Fürstin, auf Silber speise, zu Pferde reite und die Leute prügeln lasse, wie ihr Herz es verlange. »Bleibt doch eine Mentressa,« sagte ich.

Damals, wie ich so im Walde allein war, dachte ich auch daran, ein Räuber zu werden, Gott verzeih' mir die Sünde, ein *Hajdamak*, der die Edelhöfe anzündet und die Edelleute wie Raubvögel mit Händen und Füßen an die Scheunen nagelt. Mein Gewissen wollte aber nicht stille werden und eine Stimme sprach zu mir wo ich ging und stand: »Was willst du, Bauer, eines Bauern Sohn? Was hast du mit der Flinte zu schaffen? Willst du allein Krieg führen mit den Menschen? – Ich wurde dann still und blieb endlich im Dorfe, aber das beschloß ich: *Nur meine Schuldigkeit zu thun und nichts zu dulden gegen mein Recht.*«

So. Nun gut. Da traf ich den Kolanko, der rutschte euch im Schnee, wie ein angeschossener Hund. Meine Katharina hatte ihn prügeln lassen, weil er sie nicht gegrüßt hatte, ehrerbietig, wie sie's verlangte und da redete er zu mir und erzählte –«

»Denkt euch,« fiel der Greis eifrig ein, »die regierte da wie eine gnädige Frau und noch mehr. Wir wissen, wie so ein Herr damals seine Frau hielt. Zwei Lehrer ließ der Gutsherr für sie aus der Stadt kommen, einer von ihnen war ein Franzose. Die lernte euch Alles, was nur ein Schreiber lernt, oder gar ein Geistlicher; jede Woche kam ein Pack Bücher für sie mit der Post, Alles las sie, auch Zeitungen, die schwere Menge; so ein ganzer Kasten von feinem Holze stand in ihrem Zimmer; da lernte sie euch eine ganze Musik spielen; die Leute standen unter den Fenstern Abends und hörten zu.«

Mongol lachte spitzbübisch und stierte mit einem Scheite im Feuer herum.

»Daß solche Leute nicht an Gottes Gerechtigkeit denken,« murmelte er.

Der Alte hustete heftig und knurrte tief aus der Brust wie ein zorniger Kater.

Der Capitulant blickte mit düsteren Augen vor sich hin; sein Gesicht blieb bei Allem theilnahmlos starr, öde, trostlos.

Der Bube sah den Vetter Mongol an, so unverschämt erstaunt.

»Nun, was siehst du mich so an?« fragte dieser mißtrauisch und zog sein gelbes Gesicht mit der gelben geschlitzten Nase in tiefe Falten.

»Wie fängst du das an, Vetter Mongol,« sagte der Junge, »daß es dir nicht in deine Nase hineinregnet?«

Der ganze Kreis lachte. Mongol aber erwischte den Buben beim Ohr, zog ihn langsam an sich und ließ ihn dann ebenso sachte los.

»War es Euch leid um Eure Geliebte?« fragte ich den verabschiedeten Soldaten. »Hat es Euch damals viel Schmerz bereitet?«

»Nicht daß ich sagen könnte,« antwortete er, an seiner Pfeife schmauchend. »Ich dachte auch nicht an Rache gegen sie, aber wenn ich mit den Herrenleuten zu thun hatte, kam mir jedesmal der

Zorn. Ich wollte etwas Besseres vorstellen, lernte euch lesen und schreiben und auch rechnen. Ich war doch zu groß, um in die Schule zu gehen, so lernte ich vom Diak, dem ich dafür ein Hühnchen brachte, oder ein fettes Gänschen, oder Tabak, geschwärzten von Szigeth.[6] Steckte dann meine Nase überall hinein, las die heilige Schrift, die Legende der Heiligen, die Geschichte vom Czaren Iwan dem Schrecklichen, die Patente von der Kaiserin Maria Theresia, von Kaiser Joseph und von Kaiser Frantischek, las auch manche Gesetze und machte dann den Bauern die Klagen, mit denen sie zum Kreisamte gingen. Da war euch Keiner in der ganzen Gegend weit und breit, der euch das Volk so zu hetzen verstand gegen den Adel, diese Herren, diese Polen, als ich. Im ganzen Galizien gab es nicht so viel Processe, als allenfalls in unserem Dorf, und das Alles schrieb ich.

Wenn der Herr Starosta eine Bereisung machte, da standen schon die Leute am Wege mit Beschwerden, ich hatte überall meine Hand. Wo ich dem Dominium, dem Grundherrn etwas anthun konnte, that ich es. Mein Herz lachte euch dabei fröhlich wie eine Taube. Sie nannten mich freilich einen Winkelschreiber und drohten mir, aber die Furcht war allgemein und Keiner wagte was gegen mich.«

»Er prügelte die herrlichen Kosaken,«[7] schrie Mongol lachend heraus. »Ohne jeden Grund prügelte er sie, in der Schenke oder unterwegs, wo er sie gerade fand. »Weil ihr solch elende Herrenseelen seid,« rief er dabei.

»Aber bedenk' doch –«

»Bedenkt ihr denn die Sache? Seid ihr vom Hofe oder nicht?«

»Aber –«

»Wollt ihr's läugnen?«

»Nein.«

»Also verdient Ihr –«

---

[6] Zwischen Galizien und Ungarn bestand damals die Zollschranke und blühte daher auch der Schmuggel.

[7] Im alten Polen hatte jeder mächtigere Edelmanns eine Soldaten, in der Regel Kosaken und heute noch erscheinen in jedem Herrenhofe einiger der Diener in Kosakentracht.

»Ja, aber wenn Jeder, der Schläge verdient, sie bekäme, Lieber,« riefen die Kosaken, »da gäbe es über's Jahr keinen Haselstrauch im Reiche, so viel Stöcke möchtest du brauchen, und woher so viel Bänke?«

Der Capitulant lächelte.

»Endlich ließ mich der Mandatar doch zu sich einladen,« fuhr er fort, »schimpfte mich einen Bauernhetzer, Winkelschreiber, Rebellen, Hajdamaken.«

»Auf die Bank mit ihm,« schrie er, daß ihm das Gesicht von Blut schwoll, und zog sich hinter die Leute.

»Was haben wir davon,« sprachen die Kosaken, »er schlägt Einen von uns allenfalls dafür todt. Und Keiner wagte es, Hand an mich zu legen.

Da fährt der Mandatar auf mich los, schnaubend, mit fliegenden Haaren, seine Augen ganz weiß und hebt selbst den Stock. Ich erwische ihn noch gut und drehe ihm die Hand sachte um, das knirscht wie ein Pfeifenkopf, wenn man ihn herumdreht und den Tabaksaft herauslassen will.

Nehme ihm stille den Stock, stelle ihn in die Ecke, Alles artig, das versteht sich, er war ja doch eine Obrigkeit.

Da hatte ich nun vollkommen Ruhe bis ich weiß der Teufel, meiner gnädigen Frau Mentressa auf der Straße begegnen mußte. Ihr Wagen stak im Kothe, der Kutscher saß am Bocke und hieb die Pferde zusammen ohne Nutzen. Als sie mich sah, zog sie sich wie eine Katze in der Ecke zusammen, zitterte euch. Ich sah zu.

»Komm Bursche, hilf,« rief der Kutscher.

Ich half also, hob den kleinen Wagen aus dem Dreck und stieß ihn vorwärts, nahm dann dem Burschen die Peitsche und zog ihm einige hinüber dafür, daß er die »gnädige Frau« so schlecht gefahren.

Von diesem Tage an hatte sie keine Ruhe, ich weiß es, und so ließ sie mich assentiren.«

»Sie hat sich geschämt, ihn so vor Augen zu haben,« bekräftigte Kolanko, »so gab sie ihn zum Soldaten.«

»Zu jener Zeit stellte das Dominium die Recruten, «berichtete der Capitulant. Die Kosaken schleppten mich in den Hof, da stand ein hölzerner Pflock, man zog mich nackt aus, maß mich ab, der Arzt klopfte mir auf die Brust, sah mir mit halben Augen in den Mund, dann schrieben sie mich ein, es war um mich geschehen; meine Mutter lag vor dem Mandatar auf den Knieen, meinem Vater rannen leise die Thränen herab und sie stand oben am Fenster und sah mich da stehen, elend, wie mich Gott erschaffen hat, ohne Erbarmen. Ich weinte vor Wuth. Was half das? Groschen waren keine da. Man ließ mich auf der Stelle schwören und setzte mir eine kaiserliche Mütze auf. *Ich war Soldat.* Wie wir fortzogen, da weinten uns Alle nach und die Recruten weinten auch; jeder trug ein Kreuz auf der Brust und ein kleines Säckchen, gefüllt mit Erde, die er unter der Schwelle seines Hauses ausgegraben hatte. Die Trommel wirbelte, der Herr Corporal commandirte Marsch, wir gingen wie die Hunde an der Koppel; sie sangen ein Lied alle zusammen, ach! so ein trauriges Lied. Ich ging still und als wir immer weiter kamen und das Dorf versank, und der Wald, die Kirche, ich nichts mehr sah von den Meinen, da hatte ich mir es überlegt und dachte: Gut, du dienst dem Kaiser; du weißt doch, zu wem du gehörst.«

»Und wie ging es Euch als Soldat?« fragte ich gespannt.

»Gut, Herr,« entgegnete der Capitulant und seine Augen blickten mich wunderbar gutmüthig an. »Gut. Man verlangte ja nichts von mir, als was meine Schuldigkeit war, nichts mehr, nichts weniger, und das that ich gerne. Ich wußte doch jetzt, daß ich ein Mensch bin. Zuerst kam ich nach Kolomea, lernte exerciren, zuerst allein, dann mit den Anderen. Wie ich erst mit dem Gewehr umgehen konnte, da war ich euch stolz und dachte, wenn es nur einen Krieg gäbe.

Und da sah ich auch in der Kreisstadt, daß es eine Ordnung in der Welt gibt; man hielt uns streng, aber gerecht. Da gab es keine unverdiente Strafe und keinen unverdienten Lohn und die Leute in der Stadt sahen den Soldaten gleichsam mit Respect an. Und wenn ich Wache stand vor dem Kreisamte und hörte die Bauern, wie sie zusammen redeten und wie sie da Recht und Hülfe fanden gegen die Polaken, da blickte ich zu dem Adler empor, der über dem Thore hing und dachte mir: Du bist nur ein kleiner Vogel und hast kleine Flügel, aber sie sind doch groß genug, um ein ganzes Volk zu schützen.

Wenn wir später zur Parade marschirten, die gelbe Fahne mit dem schwarzen Adler über unseren Köpfen flatterte, durfte ich nur hinsehen und war zufrieden.

Wir hielten euch zusammen im Regimente wie zu Hause in der Gemeinde, alle für einen, einer für alle, dem Rechtlichen halfen wir und solche schlechte Lumpaken straften wir unter uns. Nachts, wenn die Officiere schliefen in den Quartieren und die Herren Feldwebel schliefen auch bei ihren Weibern, da kamen wir dann leise zu Hauf und hielten Gericht über die Diebe, die Betrüger, die falschen Spieler, die Trunkenbolde, die der Compagnie Schaden brachten und Schande, und wir richteten euch mehr aus als der Herr Profoß mit Stock und Eisen.[8]

So verging wohl ein Jahr, da packten wir eines Tages unsere Tornister und marschirten nach Ungarn. Aus Ungarn nach Böhmen, aus Böhmen nach Steiermark. Man sieht so mit der Zeit als Soldat viele Länder, die alle unserem Kaiser gehören, und verschiedene Menschen, und bekommt ein bescheidenes Herz, man sieht, daß zu Hause nicht alles am besten ist. Ich sah euch dort mehr Wohlstand, mehr Gerechtigkeit und Menschlichkeit und mehr Civilisation[9] als bei uns. Ich lernte den Deutschen achten und den Czechen, der eine Sprache spricht in der Weise wie wir.

Ich sah den heiligen Nepomuk in seinem silbernen Sarge liegen und sah auch den Felsen, in den ihn der König gesperrt hatte, und die steinerne Brücke mit den vielen Heiligen, wo sie ihn in das Wasser gestürzt haben und fünf flammende Sterne über seinem Haupte auf den Wellen schwammen. In Steiermark da sah ich Leute, die zwei Hälse haben.«

---

[8] Der galizische Soldat überträgt das Selfgovernment seiner Gemeinde, sowie das Volksgericht (Lynchjustiz) seiner Heimath auf sein Regiment und seine Kompagnie.

[9] Das Wort ist dem galizischen Bauer geläufig und wurde in dem Landtage von 1861 in auffallender Weise von Bauerndeputirten gebraucht, ebenso wie »Humanität«.

Ich mußte gegen meinen Willen über die naive Ethnographie des verabschiedeten Soldaten lachen. Er merkte es und wurde still.

»Ich denke noch, wie Ihr als Urlauber zuerst wieder zu uns in das Dorf kamt,« bemerkte Kolanko mit einer gewissen Befriedigung. »Der weiße Rock mit den blauen Aufschlägen[10] stand euch teuflisch gut. Die Weibsbilder folgten Euch mit den Augen und flüsterten. Meine Alte sagte damals, der Balaban ist jetzt der hübscheste Mann auf zehn Meilen in der Runde und die verstand es, das ist bekannt. Aber er wollte von keinem Weibe was wissen.«

»Der Herr weiß ja,« wendete sich der Capitulant zu mir, »damals weinte unser Soldat, wenn er auf Urlaub mußte. Zu Hause verließ er die Unterthänigkeit, die Robot, die Willkür, die Noth und gewöhnte sich an Ordnung, Recht und Anstand und kam zurück wieder in Noth und Gewalt. Wie man die Urlauber aufrief, stand die ganze Cumpagnia still, nur ich – ich weiß nicht, was mir einfiel – trat vor und meldete mich. Alle sahen mich an. Nun gut, so schickte man mich denn *auf Urlaub*.

Ich kam nach Hause, zu meinem Vater. Wie ich eintrat im grauen Soldatenmantel mit der Holzmütze auf dem Kopfe, sah er mich starr an und fuhr mit der zitternden Hand zu seinen grauen Haaren empor. Ich küßte ihm die Hand.

»Es ist gut, daß du da bist,« sagte er.

Dann kam die Mutter, schrie und lachte, daß ihr die lichten Thränen herabflossen. Ich erzählte ihnen vom Regimente und den Ländern, wo ich als Garnison lag, und sie berichteten mir von den Leuten im Dorfe. Die Nachbarn kamen, viel Branntwein wurde euch damals getrunken.

Mir war Alles recht. Ich ging herum wie ein Kranker. Keiner sagte mir was. Ich blieb auch stille, aber meinte, der Grundherr müsse Katharina fortgejagt haben, weil Alles so stille war. Anderwärts dachte ich mir: ist sie noch bei ihm, so wird es bald geschehen. Ich wünschte es, ich wußte nicht warum. Was wollte ich noch mit ihr!

---

[10] Die Uniform des Infanterieregiments Parma, welches in Kolomea seinen Werbbezirk hat.

Oft hätte ich sie in einer großen Noth, in Elend und Schande sehen mögen und hätte ihr dann doch geholfen.

Niemand nannte nur ihren Namen und ich wagte nicht zu fragen. Sonntag, während der großen Messe, sehe ich euch einmal in den Chor hinauf. Wer sitzt da – meine Katharina als gnädige Frau. So schön war sie, weit schöner noch als zu jener Zeit, aber so bleich, so krank, so müde und hatte so große dunkle kreisende Augen wie eine Sterbende.«

Ein seltsames stilles Licht lag auf dem ruhigen Antlitz des Capitulanten.

»Das Blut gerann in mir,« fuhr er fort.

»Wer ist diese schöne Dame?« fragte ich einen Burschen, der mich nicht kannte.

Der sah mich dumm an und sagte: »Das ist die Herrin, die Frau des Grundherren.«

»Er hatte sie wirklich geheirathet, ganz ordentlich vor dem Altar, nun er hatte Recht und jetzt war sie meine gnädige Herrin.«

Der Capitulant lächelte.

»Ich konnte jeden Tag ihr begegnen,« sprach er dann. »Wozu war das gut! Ich gehe also in ein anderes Dorf arbeiten. *Es war so Alles aus.*«

Der Capitulant schwieg, die Arme waren ihm herabgesunken, er blickte mit vorgeneigtem Kopfe in das Feuer, seine bronzenen Züge hatten wieder ihren tiefen gleichmüthigen Ernst angenommen und seine Augen brannten wieder wie große ruhige Feuer. Alle schwiegen. Die Landschaft dämmerte in tiefer heiliger Stille.

»Eure Geschichte ist wohl zu Ende?« sagte ich nach einer Pause.

»Ja,« entgegnete schamhaft der Capitulant.

»Nun, es ist wirklich nichts Besonderes an Eurer Geschichte,« sprach ich. »Das geschieht alle Tage und geschieht einem Jeden, aber das Besondere an Eurer Geschichte seid *Ihr* selbst. Habt Ihr nie an Rache, an Vergeltung gedacht?«

»Nein,« erwiederte er still vor sich hin. »Wofür auch? Es lag in der Natur. An wem sollte ich dafür Rache nehmen, *daß ich ein Mensch bin*, daß sie ein Weib ist?«

Seine Antwort überraschte mich und steigerte meine Theilnahme auf das Lebhafteste.

»Du hast also nie eine Genugthuung empfangen,« sagte ich.

»Doch,« erwiederte er nach einigem Nachdenken. »Es war im sechsundvierzigsten Jahre,[11] als ich auf Urlaub war und damals kam das große Elend über unser Land durch die polnische Revolution.

Es war also in den letzten Tagen, im Februar,[12] ein furchtbar strenger Winter. In dieser Nacht war besonders viel Schnee gefallen und hatte alle Straßen und Wege verweht. Warten Sie. Das kommt später. Mir geht jetzt in diesem Augenblicke Alles so kuriös im Kopfe herum, ich muß dem Herren früher noch etwas Anderes berichten. So war es. Lange schon herrschte eine gewisse Unruhe, die Grundherren kutschirten hin und her, man hörte von verborgenen Waffen.

Nicht wenige Bauern waren in der Schenke von Tulawa versammelt, unter ihnen der Richter, da kam unser Grundherr und sagte zu den Bauern: »Wollt ihr mit uns Edelleuten halten oder mit wem wollt ihr es halten? Wenn ihr mit uns halten wollt, so kommt heute Nachts bei der Kirche alle zusammen und ich werde euch Schützen mit Gewehren beigeben und mit euch gehen.«

Hierauf erwiederte der Richter: »Wir wollen es keineswegs mit Euch halten, sondern mit unserm Herrn Gott und dem Kaiser.« Worauf sich der Grundherr entfernte und der Richter zu dem Volke sprach: »Ihr Leute, daß mir keiner mit diesen Schindern von Edelleuten halte und zu ihnen trete.«

Unser Grundherr, derselbe, der meine Katharina zum Weibe genommen hatte, ließ auch eine Schrift in der Schenke. Alle sahen

---

[11] 1846, das Jahr der polnischen Revolution und Gegenrevolution der galizischen Bauern.

[12] Der 18. Februar war in ganz Polen als Tag des Losbruches von der Pariser Nationalregierung festgesetzt.

hinein, keiner konnte lesen. Da sagte der Richter: »Ruft uns den Balaban, er ist so zu sagen ein alter Soldat, es wird ihm bekannt sein, was damit anzufangen.« – Nun so riefen sie mich denn und ich las ihnen die Schrift.

Oben stand: »*An alle Polen, welche lesen können.*«[13]

Da mußte ich laut lachen, denn erstens war kein Pole da und zweitens keiner, der lesen konnte, außer mir. Da stand es nun, Sie erinnern sich wohl an diese Komödien damals, da stand es: »Die Unterthänigkeit und die Robot seien nur durch Gewalt und Unrecht entstanden, denn in früheren Zeiten wären alle Menschen gleich und die Edelleute ebenso Landleute wie wir gewesen und hätten sich die Herrschaft über uns angemaßt und endlich das Land an den Moskowiter, den Preuß und den Kaiser verkauft, dessen deutsche Beamte in Gemeinschaft mit dem Edelmann den Bauer so schinden, daß er kaum seinen Hunger stillen und sich in elende Leinwand kleiden kann. Der Kaiser kenne den polnischen Bauer gar nicht, verkaufe ihm Salz und Tabak theuer, um gut in Wien leben zu können. Hülfe könne nur von Gott kommen, dazu müßte sich aber Jedermann im ganzen Lande erheben und zu den Waffen greifen. Die Edelleute erkennen ihr Unrecht und wollen sich mit dem Landvolke gegen den Kaiser vereinigen und die deutschen Beamten aus dem Lande jagen.«

Es war manche Wahrheit in der Schrift und die gefiel uns, »aber,« sagten wir untereinander, »das ist nicht so; pure Komödie, wer thut uns denn Gewalt an, als die *Edelleute*, wer schützt uns noch so gut es geht gegen sie – die *deutschen Beamten* und unser Kaiser,« und keiner wollte was von den Polen wissen.

»Wenn ihr den Edelleuten folgt,« sagte ich, »werden sie dann mit euch Bauern ackern wie ihr es jetzt mit euren Ochsen thut? Aber versammeln wollen wir uns heute Nacht in der Schenke für alle Fälle.«

So kam die Nacht heran.

Wie schon gesagt, es war ein strenger Winter, wie der jetzige etwa, und in dieser Nacht war besonders viel Schnee gefallen, Alles

---

[13] Ueberschrift eines Manifestes der polnischen Revolutionsregierung.

war verweht, keine Straße, kein Weg war zu sehen, nur die Wälder standen wie schwarze Mauern in der weißen hellen Nacht.

Wir waren in der Schenke beisammen und ein jeder hatte seinen Dreschflegel mitgebracht, oder seine Sense gerade genagelt. Ich nahm einen Haufen Bauern, es war gegen Mitternacht und machte eine Patroll. Die Bauern hatten da einen großen Jammer und fürchteten einen schlimmen Ausgang. Ich sprach ihnen Muth zu und sagte: »Wenn wir tapfer Widerstand leisten, haben wir von diesen Rebellen nichts zu fürchten.« – Da kamen schon einige Schlitten mit Edelleuten und Pächtern und anderen Lumpaken, die zum Edelhofe fahren wollten. Wie sie unserer ansichtig wurden, hielten sie stille und Einer stellte sich auf und schrie, wir sollten uns anschließen, die Revolution sei ausgebrochen, das Landvolk in Freiheit, die Robot geschenkt von den Edelleuten, auch dürften wir über die kaiserlichen Kassen und die Juden herfallen.

»Hier sind keine Verräther,« rief ich. »Wir stehen hier für Gott und den Kaiser.«

Ich hatte noch nicht geendet, da gaben euch die Polen schon Feuer, ein paar Schrote gingen mir in den Leib und ein Bauer hatte eine Kugel im Fuße. Ich schrie auf die Bauern: »Vorwärts!« Wir also von rechts und links auf die Polen, reißen sie aus den Schlitten und nehmen sie alle gefangen, Einem, der sich wehrte, hieb ich über'n Kopf, sonst wurde keiner mehr verwundet. Jetzt wurde auch bei der Schenke geschossen, ich lief so schnell ich konnte, wie ich ankam, war auch dort Alles vorbei. Der Edelmann Bobroski lag blutig im Schnee und unser Grundherr stand mitten unter den Bauern und sie schlugen von allen Seiten auf ihn los; sie hätten ihn auch erschlagen, wenn ich nicht gekommen wäre, das Blut rann ihm schon vom Kopfe. Ich rettete ihn.«

»Ihr?«

»Ich, Herr. Es war mir leid, das muß ich schon sagen, daß die Bauern ihn nicht todtgeschlagen hatten, aber wie ich einmal dabei war, durfte es nicht geschehen. Die Polen hätten gesagt, es sei aus Rache geschehen wegen der Katharina, und das hätte einen garstigen Fleck auf unsere Sache gegeben.

Wir banden ihm wie allen Anderen hübsch die Hände und Füße, warfen sie auf ihre eigenen Schlitten und führten das ganze adelige Lumpaken-Pack zum Kreisamt nach Kolomea, wo ich bei zwanzig Edelleute, ihr Geld, ihre Uhren und Ringe, Alles, wie es sich gehört, ablieferte. O! das waren schöne Tage, Herr! Ein Krieg des armen Menschen gegen seine Unterdrücker, und überall eine heilige Ordnung, unsere Wachen auf allen Kreuzwegen, Bauern in zerrissenen Leinwandröcken traten in das Kreisamt und zogen Tausende aus der Brust und legten sie dort treulich hin. Wir ließen auf uns schießen und entwaffneten dann die Herren, und Jeder hätte sein Blut hergegeben, Jeder meinte damals jetzt müßte jeder Unterschied aufhören, ein Mensch frei sein wie der andere, Alle gleich! Alle gleich! Dann begannen im Westen die polnischen Bauern zu morden, viel Kriegsvolk rückte in das Land. Alles kam anders, als man es erwartet. Nun aber zwei Jahre später wurde doch die Unterthänigkeit aufgehoben und die Robot und jetzt ist der Bauer ein freier Mann.«

»Was geschah mit eurem Grundherrn?« fragte ich.

»Er kam auf die Festung in Ketten,« rief Kolanko, »sein Weibchen tröstete sich mit einem Nachbaren, bis er im achtundvierzigsten Jahre wieder losgelassen wurde mit allen anderen polnischen Rebellen.«

»Ich nahm zur Zeit meine zweite Capitulation,« sagte Balaban, »und ging zum Regiment. Wir rückten dann in den ungarischen Krieg, im Winter die Karpathen herab, bei Kaschau war eine Schlacht und bei Tarczal, bei Kapulna eine große Schlacht, die wir gewannen und bei Iszeszeg. Dann mußten wir zurück, ein starker Winter kam über uns, die Leute blieben am Wege liegen, erfroren, lagen da lächelnd und schliefen ein. Dann jagten wir wieder die Magyaren bis der Kossuth aus Ungarn floh wie ein Eichkatzel aus dem Walde.

Merkwürdige Zeiten, Herr! Da fielen die Leute, einer nach dem andern, den traf die Kugel, jenen ein Säbel, mancher ertrank oder starb am Wege, nachdem er sein Säckchen mit heimathlicher Erde aus der Brust gezogen und geküßt und Jeder lebte gerne; nur ich nicht und an mir ging Alles vorbei. Da zweifelte ich an Allem so. Wo war da eine Gerechtigkeit? – *Dann kam ich zurück als verabschiedeter Soldat,* da mein Vater todt war.«

»Nicht ihretwegen?«

»Wie?« entgegnete Balaban, die Achseln zuckend. »Ich ein verabschiedeter Soldat und sie eine Dame! Ich kam also zurück. Mein Vater war todt. Auch meine Mutter. Ich war allein. Der Grund war frei, aber Alles verkauft bis auf die Hütte und ein paar Obstbäume. Nun wie gefällt euch das? – Ach! was war da zu machen!

Ich hatte immer eine Vorliebe für das Thierreich und schöne Zucht, so ging ich denn den Bienen nach, studirte ihre Manieren und legte mir einen schönen Bienengarten an, beim Hause; Ihr kennt ihn ja; zog mir dann zwei große Hunde auf, wahre Wölfe, der Vater war auch ein wirklicher Wolf, ich habe ihn gekannt – schöne Hunde, so grau mit Augen, die Nachts wie Feuerbrände sprühen, nun, ihr kennt sie ja, und übernahm das Amt eines Feldhüters bei der Gemeinde. Auch einen Kater,« der Capitulant lächelte, wie es jeder galizische Bauer zu thun pflegt, wenn er von Katzen spricht; »ich habe das Vieh aus dem Wasser gezogen, nun ihr kennt ja meinen Maciek.«

»Die Hunde solltet Ihr sehen, Herr,« bemerke mit stiller, neidischer Bewunderung der Pappendeckelmann.

»Nun, er verdient sie, der Capitulant,« rief Kolanko. »So ein Feldhüter war noch nicht da wie er. Die Gemeinde kann Gott danken.«

»Ich bitte euch,« sprach der Capitulant ablehnend, »incommodirt den Herrn nicht mit solchen Sachen da.«

»Nein, ich höre Alles gern, was Euch betrifft,« rief ich.

»Zu viel Ehre.«

»Das ist einmal Einer, der seine Schuldigkeit thut,« sagte ernst der Pappendeckelmann und wies auf Balaban. »Ich lobe Niemand, aber das ist die Wahrheit. Die Diebe fürchten ihn, die Trunkenbolde werden nüchtern, wenn sie ihm Nachts begegnen. Wenn er die Steuer eintreibt, so gibt das mehr aus, als eine Execution von zwanzig Mann.«

»Bei der Landtagswahl hören die Bauern mehr auf ihn als auf den Richter und den Commissär,« betheuerte Mongol. »Wenn Sie gewählt werden wollen im Bezirk, so sagen Sie es nur dem Capitulanten, Herr, der kann Alles mit unserem Volke machen was er will.«

»Aber ich bitte euch, Nachbarn,« bat wieder der Capitulant recht demüthig. »Was hat man zuletzt als seine Pflicht.«

»Nun, ich sage gar nichts,« kreischte Kolanko, »aber erst das Weibsvolk! O – jo – joj! aber er ist ein ganzer Moralist. Da haben wir eine Dirne im Dorfe, mit rothem Haar, schön wie ein Stern am Himmel, die eine Gräfin vorstellen könnte, aber ein leichtfertiges Ding, die begegnet er, wie sie im Mondschein aus dem Dorfe schleicht.

»Lauft wieder Einem nach,« fährt mein Balaban sie an. »Was hast du davon? Wie leicht geschieht ein Unglück, dann läßt er dich. Nimm dir lieber einen Mann.«

Sie lacht aber und meint: Sie nehme nicht den ersten Besten, wenn er sie aber zum Weibe wolle, er könne sie auf der Stelle haben.«

»Und er?«

»Er schüttelt den Kopf. Predigt Euch weiter.«

»Er will kein Weib nehmen,« sprach Mrak, der aufmerksam zugehört hatte, und jetzt seine Wache fortsetzte.

»Ah! jaj! *er liebt noch die Andere*,« rief plötzlich der Jude, der munter geworden war und sich unserem Kreise genähert hatte. Sein dumm arglistiges Gesicht verzerrte sich zu einem abscheulichen Lachen.

»Mein Lieber,« sprach der Capitulant, ohne seine Stellung zu ändern, »dein Kopf ist wie ein Dampfbad, da schwitzt deine Zunge und weiß nicht was sie ausschwitzt.«

Wir lachten Alle herzlich. Mein Jude sah mich ganz besonders gekränkt an, zog seine Rockärmel herab, putzte seine Knie mit der flachen Hand, ging gegen seine Gewohnheit stürmisch zu seinen Pferden und riß diese hin und her, so daß sie ihn mitleidig ansahen.

»Ist das so?« fragte Kolanko ernst den Capitulanten, indem er ihn mit dem Ellenbogen berührte.

»Ist es wahr, daß du sie nicht vergessen kannst?« bemerkte zögernd der Pappendeckelmann.

Der Capitulant schwieg.

Er zeigte uns ruhig sein sanftes ehrliches trauriges Antlitz. Seine Augen hatten wieder jenen feuchten erkenntnißvollen Blick, der Einem so wehe that. Mir wurde so seltsam dabei, das tiefe Schweigen der Natur pflanzte sich in meine Seele fort und wie das einsame Feuer seinen Rauch ruhig aufwärts trieb, so zog langsam eine wehmüthige Erinnerung vor mir herauf. Ein wunderbar schönes bleiches Haupt von dunklen Locken bacchantisch umwallt, mit halb geschlossenen, zärtlich scheuen Augen stieg aus der Asche.

»Eine Dummheit! Eine solche Dummheit!« schrie Mongol und Alles versank und den Schatten, der übrig blieb, verschlang die gierig leckende Flamme.

»Ausspeien sollst du vor der sauberen gnädigen Frau von Zawale,« schrie der Pappendeckelmann.

»So ein Mann, und so eine Bestie zu lieben,« fiel wieder Kolanko ein.

»Nun, ereifert Euch nur nicht so,« sagte der Capitulant kalt, er war sichtlich bleich geworden und seine Brauen hatten sich finster zusammengezogen. »Seht, es war natürlich. Das arme Mädchen mußte sich plagen und dann konnte es eine gnädige Frau sein. Es war ein schöner stattlicher Mann, unser Grundherr, etwa nicht? Ich war gut genug, so lange kein Besserer da war. Es ist gerade so, würde ich einem kleinen Fürsten dienen, wenn ich dem Kaiser dienen kann? Man muß das nicht mit dem Herzen nehmen. Das Herz hat zwischen Mann und Weib das Wenigste zu sagen. Denken wir so verständig darüber nach.

Liebst du mit dem *Herzen* Kamerad, wenn du ein Weib im Bette haben willst? Willst du nur, daß sie dich liebe, oder willst du, daß sie die Deine sei? Was ist dir lieber, wenn sie mit Sträuben deine Frau ist, oder wenn ihr Herz dir gehört, sie selbst aber einem Andern? – Ich habe auf das Alles gedacht, ich habe Zeit genug dazu gehabt. Da ist immer nur von dem die Rede, was der Mensch mit dem Thier gemein hat. Oder nicht? Geht mir!

Und dann sage ich euch, es handelt sich zwischen Mann und Weib wie überall nur um das nackte Leben. Begreift ihr?«

»Nein.«

Ich fing an zu begreifen, wo er hinaus wollte und staunte den Mann an. Er war im Flusse, seine Augen brannten und jetzt sprach er wirklich gut, mit jener natürlichen Beredsamkeit unseres Volkes.

»Seht Ihr, das Einzige, was ich als Soldat gelernt habe, ist *den Tod zu verachten*. Besser wäre es noch ihn wünschen, ihn lieben zu lernen. Aus der Liebe zum Leben kommt alles Unglück und auch unser Unglück mit dem Weibe. So elend dieses Leben ist, nun, so thut doch jeder Alles, nur um zu leben. Wenn ich ein falsches Wort spreche, erschießt mich. Gut. Und das Weib lebt von der Liebe, ich will sagen von der Liebe des Mannes. Begreift Ihr?«

Kolanko nickte eifrig. Alle horchten auf das Aeußerste gespannt zu, der Hund sogar hob seinen feinen Fuchskopf zu dem Capitulanten.

»Ich glaube, er spricht die Wahrheit,« sagte ich. »Alles beugt sich der Nothwendigkeit, jedes Lebendige fühlt wie traurig das Dasein und doch kämpft Jedes verzweiflungsvoll darum und der Mensch kämpft mit der Natur, mit dem Menschen und der Mann mit dem Weibe und ihre Liebe ist auch nur ein Kampf um das Dasein. Beide wollen fortleben in ihrem Kinde, Jedes will seine Züge, sein Auge, im Auge seine Seele wieder finden, und Jedes will ein besseres, vollkommneres Wesen werden durch das Andere, dessen Vorzüge es an sich zu reißen sucht.

Das Weib will noch außerdem um ihretwillen und ihres Kindes willen leben durch den Mann. – Ich weiß nicht, ob ich mich gut ausgedrückt habe.«

»Vollkommen,« rief der ganze Kreis zuvorkommend.

»Wenn der Herr erlaubt,« nahm der Capitulant das Wort, »will ich sagen, was ich davon denke, so nach meiner Art, wie ich es verstehe.«

»Mich laßt reden,« schrie der Alte und hob drohend seinen Polster. »Ihr sprecht immer fort. Laßt mich zuerst reden.«

»Sprich also.«

»Ja, was wollte ich sagen?«

»Jetzt weiß er nicht, was er sagen will!«

»Also –« der Alte stak wieder.

Wir lachten.

»Lacht nur. Jetzt hab' ich es,« sprach er ganz aufgeräumt. »So ist es. Ein Weib muß doch auch sein Leben fristen wie ein Mann. Wie aber? – Sie leidet Manches, was der Mann nicht leidet. Wie soll sie allenfalls arbeiten, wenn sie ein Kind hat? und dann, wenn sie es aufziehen muß? Und das wiederholt sich vielleicht jedes Jahr. *Sie kann nicht arbeiten wie der Mann.* Auch so nicht. Sie hat von Natur keine Ausdauer, gewiß, und lernt dazu nichts Rechtes, kein Handwerk, so natürlich sucht sie zu leben vom Manne, oder gar ihr Glück zu machen. Was muß ein Mann thun, um emporzusteigen – und so ein hübsches Ding zeigt sein Gesichtchen her und allenfalls noch was dazu und wird aus der Kuhmagd eine Dame. Hab' ich Recht oder nicht?«

»Recht hast du, Alter!«

»Erlaubt also,« redete wieder der Capitulant. »Ich habe es aufgegeben, so um das nackte Leben zu kämpfen und zu sündigen wie die Andern, ich bin einmal unterlegen, genug damit.

Es ist besser, wenn ich mir sagen kann, mein Auge verlöscht für immer und eine arme Seele kommt zur Ruhe. Ich denke, es ist für den Mann besser ohne Weib. Nicht das Weib sucht den Mann, sondern der Mann das Weib. Darin liegt der ganze Vortheil und so kann ein Weib ruhig seine Rechnung machen mit dem Manne. Was sollte auch ein Weib Anderes denken, als Vortheil zu ziehen aus dieser jammervoll lächerlichen Lage des Mannes?

Wenn Einer bis an den Hals im Wasser steht, mit den Füßen im Schlamme steckt und ertrinken muß, ihr aber könnt ihn retten und er hat einen Beutel mit Gold bei sich, er wird ihn euch gern an das Ufer werfen.

Ein kluges Weib ist aber mit einem Beutel Goldes nicht zufrieden, sie schleppt den Mann vor den Geistlichen.

Versteht ihr mich nun? Darum ist auch so große Feindschaft zwischen den Weibern, wie zwischen Schneidern oder Korbflechtern. Jede sucht ihr Körbchen so gut als möglich an den Mann zu bringen. Und hat sie Unrecht?

Wird nicht die Frau nach dem Manne geschätzt? Ist eine Dirne vom Dorfe, wenn sie einen Grafen zum Manne hat, nicht eine Gräfin? Und umgekehrt? Des Mannes Ehre ist ihre Ehre und deßhalb ist ein Weib immer stolzer auf seine Titulaturen, sein Vermögen als der Mann selbst. Begreift ihr?«

»Da begreife ich noch immer nicht,« erwiederte Mrak ärgerlich, »wie du die gnädige Frau von Zawale, deine saubere Katharina, lieben kannst, die dich so elendlich verrathen hat.«

»Das wirst du nie begreifen,« sagte der Capitulant trocken.

»Und doch ist kein Weib werth, was ein Mann um sie leidet,« sagte ich leise.

»Gewiß, Herr,« antwortete der Capitulant, »kein Weib ist das werth, was ein Mann für sie fühlt, außer einer Mutter. Um aber von meiner gnädigen Herrin zu reden. Was hat sie mir eigentlich gethan? Ich bin in keiner glücklichen Stunde geboren. Und dann – ich habe dem Leben lange genug zugesehen – Der und Jener hat ja auch geliebt und auch geküßt und glücklich geheirathet und jetzt hebt sein Weib die Röcke gegen ihn auf. »Da – küsse mich.« Seht Ihr.

Wenn sie mein Weib geworden wäre, hätte ich sie vielleicht in kurzer Zeit geprügelt. Es ist ganz Alles eins, so oder so, ganz Alles eins.

Die Liebe hört dann beim Manne bald auf und ich sage, das Weib hat Recht sich bei Zeiten vorzusehen, so lange es jung und hübsch ist und so lange dem Manne der Kopf brennt; wie bald ist so ein Feuerchen gelöscht und wie rasch wird so ein Weibchen alt.«

Ich schüttelte den Kopf.

»Was befremdet Sie, Herr!«

»Daß Ihr nur von dieser natürlichen Liebe sprecht und doch selbst ein Zeuge seid für eine andere Liebe.«

»Ich habe nichts dagegen gesagt,« rief der Capitulant, »ich gewiß am wenigsten. Ein Mann kann mit dem Herzen lieben, wenn es ihm Vergnügen macht, warum nicht? Aber ein Weib kann das nicht. Ich sage Ihnen, so ein Weib möchte erwiedern, was ein Mann für sie fühlt – erwiedern möchte sie es, aber wo ist die Möglichkeit?

Wenn ich mein Pferd liebe, wie sieht es mich an, so menschlich fast und möchte gleichsam sprechen zu mir und kann nichts weiter thun als mich liebkosen. Und scheint traurig darüber und trägt doch morgen einen anderen Herrn ebenso lustig. Kann ich sie Beide deshalb verklagen? und bei wem?« Kolanko lächelte tückisch mit ineinander gekniffenen Lippen. »Ja der Jude weiß wohl,« sprach er, »warum er täglich betet: ich danke dir Herr, daß du mich nicht zum Weibe erschaffen.« »Wer eine Liebe hat, so eine herzliche Liebe,« fuhr der Capitulant fort, muß sich bei Zeiten fügen und entsagen oder er wird auf die lustigste Weise angeführt werden, denn das Weib ist in der Liebe, wie der Jude im Handel.«

»Was sagt Ihr vom Juden?« meckerte mein Kutscher.

Der Capitulant sah ihn an und spuckte aus.

»Ueberhaupt,« sagte er still, »ist zuletzt unsere ganze Weisheit: entsagen, dulden, schweigen.

Und wenn Ihr Euch wundert, daß ich diese Katharina so lange lieb behalten habe, wer sagt Euch denn, daß eine ehrliche Liebe ihren Gegenstand um jeden Preis besitzen muß? Man liebt eine Person nicht, weil sie gut oder schlimm ist oder etwa moralisch. O! Nein! – Ich liebe sie auch nicht, weil sie gut gegen mich handelt oder nicht. Man liebt sie nur, wenn man muß, wenn uns die Natur gleichsam keine Wahl läßt, gleichsam zu einer Person zwingt. Und nur eine solche Liebe erträgt Alles, Spott, Gelächter, Schläge, Mißhandlung, Grausamkeit und fragt oft nicht einmal, ob man sie erwiedert; und nicht einmal die Zeit tödtet sie, die doch Alles tödtet.«

»Ihr wärt ein vortrefflicher Ehemann geworden,« sagte der Alte nach einer Pause. »Warum nehmt ihr kein Weib? Jeder möchte Euch mit Freuden seine Tochter geben und ein Haus und Grund und gute Groschen dazu.«

»Es ist unhöflich abzulehnen,« entgegnete der Capitulant, »aber habe ich Einen von Euch gebeten? – Wie soll ich ein Weib nehmen? Ich habe das erstemal so zu Euch gesprochen, Ihr kennt mich jetzt. Habe ich so aufrichtig mit dem Herzen geliebt, wie soll ich dann eine Andere lieben und gibt es keine solche Liebe – wozu ein Weib? Bin ich ein Thier?«

»Näher betrachtet, habt Ihr Recht,« fügte Kolanko hinzu, »um so mehr, als Alles mit der Zeit vergeht.«

»Alles nicht,« sprach der Capitulant mit seinem schönen leuchtenden Blick.

»Und doch,« seufzte er später, »Ihr habt die Wahrheit gesprochen, Ihr am meisten. Ja, unser Empfinden sogar wird immer schwächer; später macht uns das, was uns weh gethan hat, beinahe eine Freude. Man denkt so an verstorbene Menschen wie an verstorbene Gefühle. Was sagt Ihr dazu, Kameraden? – Es ist so traurig, wenn man endlich weiß, *was du da fühlst, dauert nicht.* Wie hat mir das Herz weh gethan, als ich meine Eltern begrub und jetzt träume ich manchmal, daß ich z. B. mit meinem Vater Branntwein trinke und er ist ganz besoffen. Wie gefällt euch das? – Oder ich weiß, wenn heute etwas ist, ist es in einem Jahre vielleicht nicht mehr. Alles geht vorüber, wie die Wolken, die gegen Abend ziehen, so auch das Schlechte.

Alles kann der Wille. Nur gegen Krankheit und Tod kann er nichts.

Wenn so der Feldwebel am Samstag beim Rapport gleichmüthig eine Woche aus dem Kalender strich, war ich immer traurig, aber was ist das! – trauriger als die Vergänglichkeit der Zeit, des Lebens, ist die Vergänglichkeit, welche wir an uns selbst, unserem Denken, unserem Fühlen wahrnehmen. Das ist das wahre Sterben. Ist das nicht natürlich? Täglich siehst du etwas Neues, Alles verändert sich um dich, anders ist es, wenn du ein Kind bist, anders, wenn du ein Mann, und so, *kannst du derselbe bleiben?* und verlangst von Anderen, daß sie sich nicht verändern?«

Einen Augenblick war Alles still, dann hörte man leise ein Glöckchen wimmern, weit, weit, unendlich kläglich.

»Da stirbt Einer,« sagte der Greis und bekreuzte sich.

»Was fällt Euch ein,« rief Mrak. »Das ist die Schlachta, die heimkehrt von der Verschwörung in Tulawa. Paßt auf!«

Der Capitulant erhob sich, verlöschte bedächtig seine Pfeife und schob sie in den Stiefel; dann ging er langsam in das Freie hinaus, blieb stehen, nahm die Mütze ab, zog Luft durch Mund und Nase und hielt die Hand flach hin.

Das Glöckchen kam näher und näher.

Der Capitulant setzte die Mütze wieder auf.

»Die Kälte läßt nach. Der Wind hat umgeschlagen.«

Er kehrte hierauf zum Feuer zurück und ergriff seine Flinte.

»Nun. Leute, thut Eure Schuldigkeit.«

Alle waren sofort auf den Beinen und umgaben mit ihren Sensen und Dreschflegeln den Capitulanten.

»Ein Schlitten. Habt Acht!« rief Mrak von der Waldecke herüber.

Das verzweifelte Geläute ertönte schon ganz nahe, wir hörten die Peitsche des Kutschers wie einen Pistolenschuß knallen, die Pferde schnauben.

Jetzt tönte das »Halt!« der Bauernwache.

»Halt! Halt!« schrieen die Anderen und liefen hin.

Da stand jetzt der Schlitten und aus den Bärenfellen, die denselben bedeckten, erhob sich eine schlanke schöne Dame in einem kostbaren Pelze. Wie sie den Schleier von ihrem Capuchon zurückschlug, war sie noch schöner, aber furchtbar bleich. Ihre blauen Augen fieberten vor Zorn.

»Was wollt ihr,« rief sie mit wutherstickter Stimme.

»Paß,« antwortete die Bauernwache lakonisch.

»Ich habe keinen.«

»Legitimation.«

»Ich habe keine.«

»Dann seid Ihr arretirt,« rief Mrak und fiel den Pferden in die Zügel.

Da trat der Capitulant vor, die Flinte auf der Schulter und nahm Mrak bei Seite.

Die Andern steckten schnell die Köpfe dazu.

»Lassen wir sie fahren,« sagte der Capitulant halblaut.

»Lassen – ohne Paß – weßhalb?«

»Ich kenne Sie,« entgegnete er. »Laßt sie fahren.«

»Ich glaube dir gerne, daß du sie kennst,« sagte jetzt bedeutsam der Alte. »Laßt sie nur fahren.«

Der Capitulant war an das Feuer zurückgekehrt und schürte die Flammen desselben.

Die Andern folgten langsam.

»Fahr zu,« rief die Bauernwache spöttisch.

Die Dame sank in ihre Pelze zurück, der Kutscher knallte mit der Peitsche, der Schlitten flog auf der Schneebahn dahin.

Der Jude lachte.

»Wer war es?« fragte ich bei Seite.

»Sie.«

»Sie?«

Der Pappendeckelmann nickte und arbeitete dann in dem Feuer herum.

»Das war die Herrin von Zawale,« flüsterte der Alte. »Sie, die er geliebt hat und die er jetzt noch liebt.«

Wir schwiegen lange Zeit.

Dann sagte der Pappendeckelmann: »Sie soll auch nicht glücklich sein mit ihm, sie hat immer Hofschneider und habt ihr gesehen, wie bleich sie war?«

»Ah! seht mir den Schlitten an und die Pferde,« rief der Capitulant. »Hat sie nicht Krakusen[14] und Kosaken? Die großen Herren küssen ihr die Hand – und den schönen Pelz, den sie hat. *Warum soll sie denn nicht glücklich sein?*«

---

[14] Krakauer. Kutscher und Reitknecht tragen in den polnischen adelig Häusern in der Regel die kleidsam Tracht der Krakauer Bauern.

Über tredition

Eigenes Buch veröffentlichen

tredition wurde 2006 in Hamburg gegründet und hat seither mehrere tausend Buchtitel veröffentlicht. Autoren veröffentlichen in wenigen leichten Schritten gedruckte Bücher, e-Books und audio-Books. tredition hat das Ziel, die beste und fairste Veröffentlichungsmöglichkeit für Autoren zu bieten.

tredition wurde mit der Erkenntnis gegründet, dass nur etwa jedes 200. bei Verlagen eingereichte Manuskript veröffentlicht wird. Dabei hat jedes Buch seinen Markt, also seine Leser. tredition sorgt dafür, dass für jedes Buch die Leserschaft auch erreicht wird.

Im einzigartigen Literatur-Netzwerk von tredition bieten zahlreiche Literatur-Partner (das sind Lektoren, Übersetzer, Hörbuchsprecher und Illustratoren) ihre Dienstleistung an, um Manuskripte zu verbessern oder die Vielfalt zu erhöhen. Autoren vereinbaren direkt mit den Literatur-Partnern die Konditionen ihrer Zusammenarbeit und partizipieren gemeinsam am Erfolg des Buches.

Das gesamte Verlagsprogramm von tredition ist bei allen stationären Buchhandlungen und Online-Buchhändlern wie z. B. Amazon erhältlich. e-Books stehen bei den führenden Online-Portalen (z. B. iBookstore von Apple oder Kindle von Amazon) zum Verkauf.

Einfach leicht ein Buch veröffentlichen: **www.tredition.de**

Eigene Buchreihe oder eigenen Verlag gründen

Seit 2009 bietet tredition sein Verlagskonzept auch als sogenanntes "White-Label" an. Das bedeutet, dass andere Unternehmen, Institutionen und Personen risikofrei und unkompliziert selbst zum Herausgeber von Büchern und Buchreihen unter eigener Marke werden können. tredition übernimmt dabei das komplette Herstellungs- und Distributionsrisiko.

Zahlreiche Zeitschriften-, Zeitungs- und Buchverlage, Universitäten, Forschungseinrichtungen u.v.m. nutzen diese Dienstleistung von tredition, um unter eigener Marke ohne Risiko Bücher zu verlegen.

Alle Informationen im Internet: **www.tredition.de/fuer-verlage**

tredition wurde mit mehreren Innovationspreisen ausgezeichnet, u. a. mit dem Webfuture Award und dem Innovationspreis der Buch Digitale.

tredition ist Mitglied im Börsenverein des Deutschen Buchhandels.

Dieses Werk elektronisch lesen

Dieses Werk ist Teil der Gutenberg-DE Edition DVD. Diese enthält das komplette Archiv des Projekt Gutenberg-DE. Die DVD ist im Internet erhältlich auf **http://gutenbergshop.abc.de**

Zeitfracht Medien GmbH
Ferdinand-Jühlke-Straße 7
99095 Erfurt, Deutschland
produktsicherheit@kolibri360.de